突然の花婿

火崎 勇

white
heart

講談社X文庫

目次

イラストレーション／池上紗京

突然の花婿

「ローソルト公爵家に生まれたことはそれだけで幸福なのよ」

とお母様は私に言った。

何不自由のない生活、明るい未来。あなたはそれを既に手にしているのだから、と。

お父様は厳しい方だったけれど、私を大切にしてくれた。

「お前は学ばねばならない。公爵家の娘として必要なこと、いや、それ以上を。それは私の娘として生まれた者の務めでもあるのだから」

たくさんの召《め》し使《つか》いに囲まれ、柔らかなベッドで目覚め、美しいドレスを身に纏《まと》い、美味《おい》しい料理やお菓子を口にし、豪華な屋敷《やしき》で暮らす。

そのためには私は一流でなければならない、とも言った。

確かに、そうだろう。

働く、ということを知らず華やかな世界で生きていけるのは、お父様とお母様の娘であるからなのだ。

だから、私はお父様のお言葉を疑問に思うことも、ましてや逆らうなどということも考えたことなどなかった。

十二歳になったばかりの時、お父様からお話をいただいた時も同じ気持ちだった。

「クリスティナ、喜びなさい。お前に縁談が決まった」

まだ早いとか、私は聞いていないとか、そんなことは微塵《みじん》も浮かばなかった。

「お相手は我が国の第一王子、テオドール様だ。お前は未来の王妃となるのだ」

いつになくお父様が嬉《うれ》しそうにしていたので、私がお父様を喜ばすことができたのだと嬉しいだけだった。

いつも戴《いただ》いている愛情にお返しができた気分で。

「これからお前は王妃となるための生活をしなくてはならない。王子以外の男の目に触れぬよう、この屋敷を出て、別宅で暮らすのだ。もちろん、そこでも何不自由のない暮らしができるだろう。欲しい物は何でも与えてやる。新しい家庭教師もつけよう」

両親と離れて暮らす、ということは寂しかったが、それが『王妃となるために必要なこと』ならば仕方がないのだろう。

お父様が言うことだもの、間違いはない。

「よいか、クリスティナ。お前は我がローソルト公爵家の娘として、立派な王妃になるのだぞ」

重ねるように言われ、私は微笑《ほほえ》んだ。

返事は一つだけ。

「はい、お父様」

そう応《こた》えることがお父様を喜ばせるのだとわかっていたから。

「うむ。よい返事だ」

ほら、お父様は喜んでいる。

私を抱き締めてくれる。

「よかったわねぇ」

お母様だって、喜んでいる。

私の選択は正しかったのだ。

相手の望む応えを差し出せば、みんなが幸せになれる。

「ではお前はもう部屋に下がりなさい」

もう少し詳しい話をしてくれないのか、という考えが過《よぎ》っても、それはお父様が望んでいないことだとわかるから、やはり私の返事は決まっていた。

「はい、お父様」

迷うことなど必要もなく……。


真っ白の生地は微《かす》かに光沢を持ち、薄いレースが重ねてあった。

襟は立て襟。

袖口《そでぐち》をどうしようか迷ったけれど、スラッシュドスリーブにした。

リボン等《など》の飾りがない代わりに、縫い込んだ小さなビーズが歩くとキラキラと光るようになっている。

銀色の長い髪は大人っぽく結い上げた。ふわふわとした毛質は子供っぽいから。その上に、王妃様から戴いたティアラが飾られる。

ただ、イヤリングだけは用意されたものではなく、自分のお気に入りの青い一粒石のものにした。

本当なら、テオドール様の瞳《ひとみ》の色に合わせてグリーンにするべきなのかもしれないが、深い青の光は自分の瞳と同じで、気に入っていたので。

鏡に映った私は、完璧《かんぺき》だった。

「お美しいですわ、お嬢様」

「本当に、世界一お美しい花嫁様ですわ」

支度を手伝ってくれた侍女達《たち》の褒め言葉を、私は素直に受け取った。

彼女達のお陰で、私はいつもよりもずっと素敵に仕上がったと思うから。

今日はついに、私とテオドール様の結婚式。

初めてお父様に婚約を言い渡されてから、随分《ずいぶん》な時が過ぎた。

その間、テオドール様は何度か私の暮らす別宅を訪れてくれた。私も、お城へ上がり、国王ご夫妻やテオドール様とお会いした。

頻繁にではないが、皆様が私を歓迎してくださることも感じていた。

この結婚は幸福なものになるだろうと、誰もが思っていた。

もちろん、私もだ。

「クリスティナ様、そろそろお時間でございます」

迎えの女性がやってきて、私はチュールレースのついたベールを被《かぶ》った。ドレスの裾《すそ》も長いが、ヘッドドレスのベールもまた長い。

それを被ると、頭が後ろに持っていかれるが、この姿でも綺麗《きれい》に歩けるよう練習はしていた。

チュールレースを被ると、殆《ほとん》ど足元しか見えないので、練習は必須《ひっす》だったのだ。

迎えの女性に手を引かれて屋敷から出て、馬車に乗り込む。

馬車は、お父様からの最後の贈《おく》り物。

それは美しい銀の唐草が描かれた白い馬車なのだけれど、今はそれを見ることはできない。見えるのはベルベットを張った赤いステップだけ。

中に入ると、座り心地のよい座席に身を沈め、一息つける。

お城へ向かう馬車には、お父様とお母様が同乗するのだと思っていたが、乗り込んできたのは私の手を引いてくれた女性だった。

物腰のよい、身分の高そうな年配の女性だから、きっとお城の方から向けられた方なのだろう。

　馬車が動き、公爵家の敷地《しきち》を出て城へ。

　もう、簡単に戻ることの許されない場所に行くのだと思うと感慨深く、私は最後にもう一度屋敷を見ようと窓際に近づいた。

「あまり窓には寄りませんように」

「屋敷を見送りたいのだけれど、だめかしら？」

「……少しの間でしたらよろしいでしょう。ですが、城下に入りましたら、カーテンを開けませんように」

「どうして？」

「危険だからでございます。本日のお式のために、あちこちから人が集まっております。その中に、よくない輩《やから》がいるやもしれません。クリスティナ様は大事なお身体《からだ》ですので、少しの危険もないようにお過ごしいただきませんと」

　そうね。

　今日からは、私は王子妃となるのだから、彼女の忠告は当然だわ。

「はい。わかりました。では少しだけ」

　少しだけカーテンを開けて、窓から遠ざかる屋敷を見る。

　近年は別宅で過ごしていたが、幼い頃の思い出はあの屋敷にある。やはり、心にくるものはあった。

屋敷が見えなくなるのと同時に私はカーテンを閉め、椅子《いす》に背を預けた。

長いようで短い、短いようで長い道程。

馬車は粛々と進み、やがて城下へ入った。

外を見なくても、馬車の外から民衆の歓喜の声が聞こえてくるのでそれとわかる。

あんなに祝福しているのだから、顔を見せて応えてあげたいと思うのだが、同乗の女性はそれを望んでいないのだろう。

以後、会話は何もなかった。

私も女性も、じっと黙ったまま目的地に着くのを待っていた。

お父様とお母様にもご挨拶《あいさつ》がしたかった。

三日前、私はそれまで暮らしていた別宅から屋敷に戻った。

その時には、本当に喜んでくれていたのに、今日は朝から姿を見ていない。正確には、昨夜のお夕食後から。

お式の準備で忙しいのはわかっていたけれど、せめて馬車の中で話せるかと思っていたのに。残念だわ。

やがて、馬車が停《と》まり、扉が外から開けられる。

歓声は一気に私の耳に流れ込み、人々の熱を感じる。

まず先に女性が降り、私に手を差し出す。その手を取って、今度は私が降りる。

緊張が、足を重くするが、立派にお役目を務めないと。

赤い絨毯《じゅうたん》の上まで行き、顔を上げる。

薄いレース越しに、巨大な聖堂が見えた。

天に向かって伸びる、美しい結晶のような建物。あちこちについた飾り窓が陽の光を反射して、キラキラと輝いている。

周囲を観衆に囲まれた絨毯は、その入り口へと続いていた。

「さ、どうぞ」

彼女に手を取られ、私は一歩を踏み出す。

長いベールに頭を引っ張られぬよう、また俯《うつむ》いて。赤い絨毯と自分の靴先だけを見つめながら。

聖堂の入り口まで、歓声は聞こえていた。

けれど入り口から中へ入ると、空気が変わる。

中に入れるのは貴族と外国の賓客だけ。

騒ぐ人はいない代わりに、厳かな緊張が漂っている。

「私はここまででございます」

女性は私の手を次の人に渡した。

「綺麗だよ、クリスティナ」

最後に私を導くのはお父様だった。

「ありがとうございます。ご挨拶をしたかったのですが……」

「お前は素晴らしい娘だ」

私の言葉を遮るようにお父様が話し始める。

お父様も緊張しているのかしら？　声が少し強《こわ》ばっているように聞こえる。

「どんな時にも、落ち着いて行動できる娘だと信じている。これから何があろうと、声を上げたり取り乱してはならない。お式の手順は覚えておりますもの」

「大丈夫ですわ。お式の手順は覚えておりますもの」

「そうだ。手順どおりに行うのだ」

意外だわ。お父様でも緊張なさるのね。

それほどこのお式は重要なものだ、ということだわ。

お父様の腕を取り、再び歩きだす。

ベールがあるから、周囲はよく見えなかった。人の気配は感じるけれど、その顔などは見えない。

けれど感じる。

参列者の視線。

聖堂にいる者全《すべ》てが、今私を見ているのだ。

お父様の緊張が私にも移り、心臓がドキドキしてきた。

ああ、ついにこの時が来たのだわ。

お父様が立ち止まり、私の視界に黒い靴が見える。

黙って差し出される手。

袖口から、テオドール様が青い縁取りのある白い礼服を着ているのがわかった。いつもは瞳に合わせた緑のものをお召しになると聞いていたけれど、今日は特別ね。

自分が付けてきたイヤリングとお揃《そろ》いになると思うと嬉しかった。

大きな手が、私の手を取り自分の腕を摑《つか》ませる。肘《ひじ》の辺りに軽く手を置き、二人でゆっくりと歩きだす。

大勢の人がいるのにとても静かで、ドレスが床を擦る音さえ聞こえた。

祭壇の前で足を止め、彼の手を取ったまま、赤いクッションの上に跪《ひざまず》く。手を離し、胸元で組んで頭《こうべ》を垂れる。

隣でテオドール様が同じように跪く気配がする。

「それでは、お二人の結婚の儀式を始めます」

司祭様の声が、天井の高い聖堂の中に響き渡る。

「この婚姻により、我が国に新しき王の一族が増えることを喜びとし、神に感謝いたします。お二人は、この国の王族としての自覚を持ち、国と民のために尽力することを天駆ける竜の翼に誓い、その誓いを……」

始祖の王が竜の加護を受けた、という故事に倣った誓いの言葉が始まる。

従姉妹《いとこ》のお姉様の結婚式に出席した時には、互いの愛情と家の繁栄について語られていて、このような文言はなかった。

やはり王子の結婚というのは特別なのね。

個人ではなく、王家の一員というのが優先されるのだわ。だから、名前も呼ばれないのだろう。

「……に従い、またその務めを自覚することを誓いなさい。また私欲に流されることなく、互いに正しくあるように見届け、ためらわず言葉を尽くすことを誓いなさい。王家の繁栄に努め……」

私達が誓わねばならないことが言葉として羅列される。

結婚式というより、王族として迎えられるための儀式のよう。

私より年上で立派な男性であるテオドール様も、結婚するまでは『子供』扱いだったのかしら？

「……以上のことを心に刻み、沈黙をもって誓いとせよ」

静かな時間。

咳払《せきばら》い一つ聞こえない。

「では、二人は全てを誓った。この婚儀に異議のある者は声を上げよ」

また静かな時間。

当然だわ。この結婚に異議のある人などいないのだから。

「それでは、人々に口づけをもって儀式の終了を示せ」

司祭様の言葉で、立ちあがる。

ずっと跪いていたのと緊張で少し足が痺《しび》れていたが、彼はそれに気づいたのだろう、私を支えるように腰に手を回してくれた。

向かい合い、彼の手が私のベールを捲《めく》る。

目の前には、甘茶色の長い髪、緑の優しい瞳。美しい私の夫。

……がいるはずだった。

けれど私の目の前にいたのは、黒い髪に青い瞳の、見知らぬ男性だった。

相手も固まったように、私をじっと見つめている。

誰？

どうしてここにテオドール様以外の人がいるの？

「あ……あなたは……？」

小声で尋ねると、俄《にわか》にその青い瞳に冷たい光が宿った。

「静かにしろ」

一言だけ言って、彼の顔が近づく。

まさか……？

「……ン」

逃げられぬようにしっかりと頭を抱え込まれ、口づけされる。

生まれて初めてのキス。

唇が強く私に押し付けられ、息が止まる。

待って。

これは結婚式よ。

今、誓いを立てたのよ。

その成約のキスを、何故《なぜ》見知らぬ人としなくてはならないの？　いいえ、私は一体『誰』と結婚したことになるの？

頭が混乱する。

私はベールで顔を隠していたが、彼は素顔のままだった。

どうして誰も騒がないの？

テオドール様の結婚式なのに、この人が私の隣に立っているのよ？　それはおかしいことだわ。そうでしょう？

「決して騒ぐな。笑え」

唇を離した彼は、茫然自失《ぼうぜんじしつ》の私に言い放った。

「外国からの賓客もいる。みっともない真似《まね》はせず、当然の顔をして笑っていろ」

突然、頭の中に先ほどのお父様の言葉が蘇《よみがえ》った。

『どんな時にも、落ち着いて行動できる娘だと信じている。これから何があろうと、声を上げたり取り乱してはならない。いいな？』

まさかお父様は花婿が違うことを知っていたの？

ここにいる人達全てが、知っているの？

目眩《めまい》がした。

事態が全くわからなくて、混乱した。

「王子妃としてここに立っているんだろう。笑え」

けれど彼に強く言われ、私は微笑みを作った。

彼の言うとおりだったから。

ここで求められているのは、結婚式をつつがなく執り行うこと。私はそれに応えなければならない。もしも騒ぎになれば国が恥をかく。

けれど、頭と心は別だった。

退出のために踏み出そうとした足に力が入らず、よろけてしまう。

黒髪の男性がとっさに腰に手を回してくれたから、倒れずには済んだけれど、次の一歩が出ない。

「せめて聖堂の外まで我慢しろ」

無理……。

「歩け」

歩こうとしているのよ、ちゃんとやろうとしているの。顔は微笑んだままだし、騒いだりもしていないでしょう？

でもだめだった。

振り向いて目に入るたくさんの人々。

私はもう『王子妃』。

彼等《かれら》の前ではみっともないことはできないとわかっているのに、その役割を果たすことができないでいる。

覚えているのは、数歩歩いたところまで。

その後どうしたのか、覚えていない。

今日は、テオドール様との結婚式のはずなのに、何が起こったのかを考えることもできず、聖堂を出る前に、私は意識を手放した。

これは夢だわ。

悪い夢。

ありえないことだわ、と……。

テオドール様との婚約が決まってすぐ、私のもとにテオドール様の肖像画が届けられた。

正式に面会する前に互いの肖像画を送るのは当然のことだから。

長い甘茶色の髪、穏やかな緑の瞳。

優しく微笑む彼は、とても美しい王子様だった。

その頃、私は『獅子《しし》と戦う王と姫君の物語』という絵物語を読んでいて、そこに出てくる王様に憧《あこが》れていたのだが、彼はその王様にそっくりだった。

この方も獅子を斃《たお》すのかしら？　きっと本当の英雄なのだわ、とすっかり夢を描いてしまった。

私は王城に伺うには幼く、心もまた幼いままだったのだ。

実際テオドール様とお会いしたのは、一度私自身に会ってみたいという陛下のお召しで、非公式にお城へ伺った時だった。

その時も、まだ私は大人の女性にはほど遠かった。

憧れの王城。

我がローソルト公爵家は国内随一の実力者で、その屋敷も、他家に比べればお城のように豪華なのだとお母様から聞かされていた。

けれど、王城はそれ以上だった。

高い天井、クリスタルを惜しみ無く使ったシャンデリア、廊下に敷かれた絨毯も窓を飾るカーテンも豪華で、天井の梁《はり》ですら彫刻がほどこされ、美術品のよう。

そこここに置かれた本当の美術品も、一流のものばかりだった。

城へ来た者に、王の権威を示すために飾られているとのことで、そのきらびやかさは奥の居住区に入ると色を変えた。

居住区は王族が住まう場所なので、権威を誇示する必要はなく、落ち着いた雰囲気の空間だった。もちろん、落ち着いているだけで、一流品で造られていることに変わりはないのだが。

私の来訪は非公式だったので、通されたのは正式な謁見室ではなく小さな部屋だった。

白と金とを基調とした美しい部屋に、そこに相応《ふさわ》しい陛下と王妃様、そしてテオドール様の姿。

「その娘がクリスティナ？」

王妃様は、金色の髪に緑の瞳のとてもお美しい方だった。

「はい。お初にお目にかかります。ローソルト公爵家のクリスティナでございます」

私は緊張しながら、震える手でドレスの裾を摘《つま》んで頭を下げた。

「震えているのね」

「申し訳ございません……」

私が謝罪すると、お父様が執り成すように言ってくれた。

「娘はこのような場になれておりませんでな。政治向きのことや、社交界のことなどには『疎く』育てております。人形のように美しく、といったところですかな」

「今は、だろう？」

「いいえ。このままで。必要であればその時に覚えればいいだけのことです。その基礎としての教養はありますので」

「ローソルト公爵家の娘がテオドールの妻となれば、盤石だ」

「くだらぬ争いなど起きないと思いますが、テオドール様のためには我が娘が一番と自負しております」

お父様は陛下と直接お言葉を交わしていた。

お母様も、お父様と並んで王妃様とお話をしている。

私は、自分も積極的にその会話に加わるべきなのか、ここで黙っているべきなのかを悩んでいた。

すると、テオドール様が私に声をかけてくれたのだ。

「初めまして、というのもおかしいかな？」

お姿に似合った優しい声。

ああ、やはりこの方はあの本の王様によく似ているわ。

「肖像画で見るよりも、ずっと可愛《かわい》らしいね」

「お……、お褒め戴き、ありがとうございます」

若い男の人が、私の生活に全くいないというわけではなかった。他家の子弟と会うことは避けられていたが、召し使いの中には年若の者もいる。

けれど彼等とはくらべものにならないくらい、テオドール様は美しかった。

男の人に『美しい』という形容詞を使ったのは、これが初めて。

「大人達は難しい話をしたいようだから、私達は別室へ移動しようか？」

「別室、ですか？」

「そこで美味しいお菓子を食べながら、少し話をしよう」

私達の会話を聞き付けた王妃様が、テオドール様の提案に異を唱えた。

「あら、彼女を連れて行ってしまうの？　私もクリスティナとお話がしたいのに」

「母上達は難しい政治向きの話をなさるのでしょう？　『そういう話』はまだ彼女に聞か

せる必要はない。雛菊《ひなぎく》の間におりますから、お話が終わったらいらっしゃればよろしいでしょう」

「そうねえ」

王妃様は私を見てからにこっと微笑んだ。

「そうしましょう。あなたはクリスティナのお相手を」

「はい。さあ行こう」

雛菊の間は、先ほどまでの部屋と違い、とても可愛らしい部屋だった。

テオドール様はとても優しくて、話題も豊富で、笑顔を絶やさない方だった。

「まだ社交界にデビューするのは先の話かな？」

「はい。お父様は結婚するまで出なくてもよろしいとおっしゃっていました。テオドール様という決まった方がいるのだから必要ない、と」

「そうだね。でも友人を作るためには出た方がいいかもしれないよ」

「友人、ですか？」

「今は？　いない？」

「親しくしている方は何人か。お家《うち》のお付き合いで。でも王妃になる者は中立でなければいけないので、特別に親しい者を作ったり、噂話《うわさばなし》を耳に入れてはいけないと」

「それも公爵が言ったのかい？」

「はい」

「そう。ではまだ私にその考えを変える権利はないな。君はまだ公爵令嬢だから」

「考えを改めた方がよろしいですか？」

「いいや。君はそれでいいのかもしれない。無垢《むく》なまま、諍《いさか》いや思惑から距離を置いている方が」

「殿下のお望みのままにいたしますわ。どうぞおっしゃってください」

「今はまだ君の自由でいなさい。それが私の望みだ。母上は完璧な女性で、尊敬しているが、私は心の安らぎを与えてくれる女性も好きだからね」

好き、と言われて心が躍った。

物語の王子様に、実際『好き』と言われる者がどれだけいるだろう。

テオドール様は、完璧な王子様だった。

強い要求などせず、声を荒らげることもしない。

穏やかで、物静かで。

時間を置いていらした国王ご夫妻も、私にとても優しくしてくれた。

王妃様は『娘が欲しかったのよ』と言って、私のことを気に入ってくれた様子だった。

いつか、自分もこの方達の家族になるのだ。

穏やかで美しく、気高い人々と共に暮らすのだと思うと、その日が待ち遠しかった。

その後も、年に数回、私達は直接お会いした。

私が王城を訪ねたり、テオドール様が私の過ごす別宅やローソルト公爵家を訪れたり。

頻繁にお会いしたわけではないけれど、この方の奥様になれたなら、きっと未来は素晴らしいものだろうと思えた。

「可愛いクリスティナ」

と微笑むテオドール様の隣で、王妃様のように立派な女性となる。

それは夢だった。

実現可能な。

私と結婚の誓いのキスをするのは、テオドール様のはずだった。

なのに何故……。


意識が戻ってきて、自分の顔が柔らかな枕《まくら》の上に載っていることに気づいた時、やはりあれは夢だったのだと思った。

悪い夢だったわ。

結婚式が近くて緊張していたとはいえ、見ず知らずの殿方の花嫁になる夢を見てしまうなんて。

記憶にない顔だったけど、どこかで見かけていた方だったのかしら？

テオドール様が夢の王子様なら、あの黒髪の方は精悍《せいかん》な騎士ね。

でも夢でよかった。

考えてみれば、夢でしかあり得ないじゃない、バカなクリスティナ。

あの聖堂には、国王ご夫妻もいらしたのよ。テオドール様が入れ代わっていたら、真っ先にお二人が気づいたはずだわ。テオドール様とあの方とは髪の色が違う。どんなに遠くからでも別人だとわかるもの。

国を挙げての盛大なお式で、あんなお芝居のようなことが起こるはずがないわ。

私は身じろぎ、目を開けた。

「……え？」

私がいたのは、確かにベッドの中だった。

けれどここはどこ？

長く暮らした別宅の天井絵は、アイビーだった。公爵家の私の部屋はスミレと白い野菊。でも今私の目に映るのは、白百合《しらゆり》。

白百合の天井絵……。

私はそれを知っている。

結婚式の準備のために王城に訪れた時、これから私が住む部屋だと案内された王子妃の部屋の天井には白百合が描かれていた。

丁度《ちょうど》あんなふうに……。

「どうして……！」

起き上がると、部屋の全てが、王子妃に与えられた部屋のものだった。

髪は解かれていたが、着ているのはウエディングドレス。

ではあれは夢ではなかったというの……？

「起きたか」

男の人の声。

「これ以上目が覚めなかったら、出て行こうと思っていたところだ」

声のする方を見ると、腕を組み、壁によりかかっている黒髪の男の人がいた。

白と青の礼服。黒い髪に青い瞳。

私にキスしたあの男の人だ。

「だ……、誰です！」

「静かにしろ」

彼は、手近にあった椅子を手に私に近づき、ある程度距離を置いた場所でくるりと椅子をひっくり返し、背もたれをこちらに向けて腰を下ろした。

背もたれの上に顎《あご》を載せ、両側《りょうがわ》から脚を出す、お行儀の悪い座り方。

「あなたは、どなたです。これはどういうことです」

気持ちを落ち着かせ、もう一度尋ねる。

「初めて顔を合わせるな。私はこの国の第二王子、テオドールの弟のイザークだ」

「テオドール様の弟君？」

そんな方は……。

私はハッとした。

テオドール様には、弟君はいた。お名前もイザーク様という名前だった。

イザーク様は、陛下の愛妾《あいしょう》が生んだ王子で、継承権の争いが起きぬよう、長く国外に留学なさっているとのことだった。

お顔を拝見したことはなかったけど、この方がそのイザーク様……。

「名前ぐらいは聞いたことがある、という顔だな」

「申し訳ございません、このような姿で。すぐに……」

ベッドから降りようとすると、彼はそれを止めた。

「いい、そのままでいろ。また倒れられてはかなわん」

「倒れ……。私は、倒れたのですか？」

「取《と》り敢《あ》えず、聖堂の外までは歩いていたが、出た途端座り込んだ」

「ああ……」

何てことを。

「周囲には、緊張で立てなくなっただけだと言ってある。まあ、その重たいドレスを着ていたんじゃ、仕方がないだろう」

ドレスが重いと知っているということは、まさかこの方が私をここへ……？

「あの……、テオドール様は？」

それを確かめるのが怖くて、一番の疑問を口にする。

私の花婿はどこにいるの、という。

すると彼は、皮肉っぽい冷たい笑みを浮かべた。

「テオドールはいない」

苦々しく放つ言葉。

「いな……い……？」

「昨晩姿を消した」

「え？」

「侍女の一人と出奔したのだ。簡単に言えば駆け落ちだな」

「え……っ！」

聞き間違いかと思った。

テオドール様がそんなことをするわけがない。

けれど続く彼の言葉は、それを揺るがない真実だと告げる。

「テオドールは昨晩のうちに姿を消した。侍女を愛しているから、他《ほか》の女性とは結婚できないそうだ。行方は未《ま》だわからない。私はテオドールの式に出るために戻ってきていたのだが、国内外から重要な客人を迎えているこの結婚式を、花婿の失踪《しっそう》を理由に中止にはできないと、身代わりをさせられたのだ」

頭の中で、大きな鐘が鳴っている。

乱暴に、ガンガンと打ち鳴らされている。

「王位継承者が使用人と駆け落ちとは公表できない。取り敢えず、今はテオドールは以前より病を得て離宮で静養中。この結婚は、最初から私とお前の結婚だったということになった。結婚式自体が中止になるより、第一王子と第二王子を伝え間違えた、という失態の方がまだ何とかなるからな。それに、テオドールの消えた今、私が王位継承第一位だ。その部分は間違いではない」

テオドール様が侍女と駆け落ち。他の女性とは結婚できない。城に彼はいない。イザーク様が王位継承の第一位となった。

それがどういう意味なのかも理解できない。

「この国の周辺情勢はわかっているな?」

「……はい」

この国は、今は安定している。

けれど先代の国王陛下の代までは、北の蛮族からの侵入があり、何度か小さな戦闘を繰り返していた。

小さい、とは言っても度重なる戦闘で国は疲弊した。

蛮族は既に撃退し、現国王になられてからは戦闘はないが、北方《ほっぽう》は未だ平穏とは言いかねる。

我が国の力が弱いとなれば、周辺諸国が侵略を始めないとは限らないのだ。

国を安定させ、国力を誇示し、実際この国を立て直す。

……それがテオドール様の務めでもあった。

「テオドールも、もちろんそのことはわかっていた。だがあの男は逃げた」

兄を『あの男』と呼ぶ声には怒りを感じる。

「我が国に継承者問題があるとは絶対に知られてはならない。お前もそのことをよく覚えておけ」

「……はい」

「テオドールの行き先について、お前は心当たりがあるか？」

「……え？」

「婚約者だったのだ、少しは心当たりぐらいあるだろう」

テオドール様の行き先についての心当たり……。

彼が城で何をしていたかもわからないのに。

「どうした。正直に言え」

「わ……私は、あまり王城へ足を運ぶことができませんでしたので……」

聞こえた小さな舌打ちが、鞭《むち》のように私の心を打つ。

私は、彼の何も知らなかったと責められている。

「まあいい。私も城に長居をしていないのでな、人間関係がよくわからない。取り敢えず簡単なことだけ教えてくれ」

「簡単なこと……？」

イザーク様の眉《まゆ》が、怪訝《けげん》そうに動く。

「宮廷内で、誰がテオドールの味方で、誰が敵かとか。誰が武闘派で、誰が穏健派だとか、そういうことだ」

胸が痛む。

「……存じません」

「ハァ？」

いたたまれない、というのだろうか。

彼の態度に申し訳なさが溢《あふ》れてくる。

「お前は王子妃になるんだろう」

冷たい声。

知らないのか、という怒りが伝わる。

「……はい。ですが、私はそのような政治的なことに首を突っ込むな、と言われてまいりましたので。それに、結婚まで公爵家の別宅で暮らしていて、王城には殆ど足を運んだことがなく……」

「では王子妃として何を学んできた？」

「語学とか、ダンスとか、歴史とか……」

「使えないな」

彼は小さく舌打ちした。

その舌打ち一つで、彼は私の今までの全てを否定した。

テオドール様と結婚するためにと学んできた時間の全てが、役に立たなかったと言っているのだ。

「仕方がない」

彼は立ち上がり、壁に下がるベルの紐《ひも》を引いた。

暫《しばら》くするとノックの音がして、彼がドアを開けると侍女が入ってきた。

「お呼びでございましょうか」

「宰相のエンゲルを呼べ、すぐにだ」

「かしこまりました」

彼女は何も言わず、すぐに立ち去った。

私がウエディングドレスのままベッドにいることも、イザーク様がここにいることにも疑問を持たぬ様子で。

「あの……、何故宰相様をお呼びに……」

「宰相に『様』を付けるな、お前はもう公爵令嬢ではないのだ」

「はい、すみません……」

彼は長いため息をついて、先ほどの椅子に座り直した。

今度はちゃんとした座り方で。

「お前は倒れてから随分と寝ていた。本来なら、式の後に二人揃って昼食会に出る予定だったが、お前の気分が悪いからと欠席させることにした。今は花嫁は盛大な結婚式に緊張し、貧血を起こしたようだということになっていて、私はそれに付き添っていることになっている。お陰で少しの時間が取れた。……何だ、変な顔をして」

「あ、いえ。……ただ『お前』と呼ばれたことがなかったものですから……」

テオドール様は私のことを『君』と呼んだ。でなければ名前を。

この方はとても粗野な方なのだわ。

「慣れろ。これからもそう呼ぶ」

「はい、イザーク様」

素直に答えて受け入れると、彼は鼻先で笑った。

「『お前』と呼ばれたくないだろうに、文句はナシか。いいだろう。それで、お前は倒れたから大事をとって夜のパーティまでは休息だ。だが私まで欠席するわけにはいかない。しかし私は外国から戻ったばかりなので、城の人間関係を知っておかねば出席することはできない。だからお前に聞こうと思ったのだが、お前は何も知らないという。となれば、宰相に訊《き》くしかないだろう」

言外に、お前が役に立たないのだから仕方ない、と言われている気がする。

それは気のせいではないだろう。

宰相のエンゲル侯爵はすぐにやってきて、ベッドにウエディングドレスのまま座っている私をちらりと見て会釈した。

「お呼びだそうで」

白いものが混じった長い髭《ひげ》のこの方は知っていた。お父様を訪ねて何度か我が家にもいらしたことがあった。

「呼んだ。取り敢えず簡単な事情を説明して欲しい」

「クリスティナ様の前で、ですか？」

「知らないというのだから聞かせた方がいいだろう」

「クリスティナ様はそのようなことには関《かか》わらせぬようにお育ちになった、と伺っておりましたので」

「人形か」

今まで、『人形』という言葉は、よい意味に使われていた。

でも今、彼が吐き捨てるように言った一言には悪意がある。人形のように役に立たないという意味なのだ。

「夜のパーティの列席者で私が注意すべき者は？」

「国内外の有力者です」

「もっと詳しく」

「議会の者と重職についている貴族。上位貴族。外国の方は、招待した王族と我が国に駐在している大使の方々です」

「他に愛想をふりまくべき人間は？」

「議会にはまだテオドール様を支持する者がいます」

「テオドールが出奔したことを知っているのか？」

「いいえ。それは伏せてありますが、病ならば治ると思っているのでしょう。大使の中では、グラコスの大使には決して弱みを見せませんように」

「北の連中か……。当然だな。ゼンドス侯爵は出席するか？」

「はい」

「威張られるとめんどうだな」

「今日ぐらいはおとなしくしているでしょう」

「ならばありがたいが」

二人が話している内容が、私には殆どわからなかった。

会話に出てくる方の名前はわかる。けれどその方に対してどういう態度をとるべきか、相手がどういう態度をとるのか、その理由もわからない。

二人が深刻な顔で話し合っている間、私はただぼんやりとそれを見ているだけだった。

「もう少し踏み込んだ説明が聞きたいな……」

「ここでは……」

エンゲル侯爵は私を見た。

「わかった。私の部屋へ行こう」

「はい」

イザーク様は私を振り向いた。

「何か知りたいことがあるなら、ローソルト公爵に訊くといい。ここに来るように命じておく。結婚式当日に花嫁の部屋を訪れる者はいないだろうから、ゆっくりしていろ」

言葉だけは、優しげに聞こえる。

でも響きの中に感じる。

自分は忙しいから知りたいことは親に訊け。今夜はお前にできることはないから部屋を出るな、と言われているのだ。

「はい。イザーク様。仰せのとおりにいたします」

従うことを望まれていると思うからそう答えたのに、彼は蔑《さげす》むような笑みを見せ、それ以上何も言わずにエンゲル侯爵と出て行った。

頭は、まだ回っていなかった。

考えられることはなかった。

夢のような幸せな結婚が、どうして突然こんなことになってしまったのだろう。

私はどうすればいいのだろう。

「テオドール様……」

何もわからないまま、私はぼんやりとベッドの上に座っているしかなかった。

「クリスティナ！」

どれだけ時間が過ぎたのかわからないが、次にやってきたのはお父様とお母様だった。ノックもなくドアを開け、部屋に入ってくると、お母様は真っすぐに私のところへ駆け寄り、抱き締めてくれた。

ああ、やっと私を慰めてくれる人達がやってきた。

このわけのわからない状況を説明してくれる人達がきてくれた。

お父様達ならば、私の気持ちをわかってくれる。

そう信じていたのに……。

「泣くのではない」

お父様は苛立《いらだ》った様子で言った。

「お父様……？」

「あなた、大きな声を出さないで」

お母様はまだ私を抱き締めたままだったが、冷静な声で信じられない言葉を口にした。

「クリスティナが王子妃であることに変わりはないでしょう」

「それだけが救いだ。まったく……、テオドール様にも困ったものだ。ご自分の立場というものがわかっていらっしゃらない」

息が苦しくなる。

この会話はどういう会話？

お父様達は何を話そうというの？

「あなた、お座りになって」

お父様は、イザーク様が座っていらした椅子に、どっかりと腰を下ろした。その表情には怒りが見える。

それは誰への？

私？　それともテオドール様？

「お父様は……、今回のことを知っていらしたのですか？」

「昨夜、急使が来て知らされた」

だから、今朝も屋敷にいらっしゃらなかったのね。

「どうして私に教えてくださらなかったの？」

「お前に教えて何になる。なんとかお前に傷がつかぬように必死だったのだ。ここまで進んだ結婚が破談になってみろ。ローソルト公爵家の恥だ」

ねえ、お父様、お母様。

気づいてる？

お二人は一度も私を『可哀想《かわいそう》』とは言ってくれていないのよ？　慰めの言葉も口にしていないのよ？

「テオドール様に嫁がせるためにどれだけ力を尽くしたか。イザーク様が王位を継ぐことにならなかったら、どうなっていたか」

「まだ安心はできませんわ。テオドール様は生きていらっしゃるんですもの。王子として王城でぬくぬくと育ったあの方が、市井の生活に耐えられると思えません。早々に侍女と別れて戻ってらしたら、お血筋から言ってあの方が再び王位継承第一位になるのでは?」

お母様の言葉にお父様は頷《うなず》いた。

「せめて二、三年は耐えていただかなくては困る」

「二、三年?」

「クリスティナ。お前もよく聞きなさい。陛下は今、ご病気なのだ」

「陛下が?」

「そうだ。それもあまりよろしくない。本来ならば、この結婚を機に、テオドール様に王位を譲る準備に入られるところだった。だがテオドール様は消えた」

「イザーク様がいらっしゃるわ」

「確かにな。だが、イザーク様は王としての教育を受けていない。イザーク様を王とするには、今暫く時間がかかるだろう。その間、テオドール様が戻ってこなければ、イザーク様が王だ。そしてクリスティナ、お前が王妃となるのだ」

どうして、そんなに嬉しそうなの?

どうして、私のことを何も言ってくれないの？

「私はイザーク派として、イザーク様に早急に王位を譲るように画策しなくてはならない。クリスティナ、お前はイザーク様に王になるよう、進言するのだ。あの方はいままで表舞台に出てこようとしなかった。テオドール様と争うことを避けたのだろう。しかしもうテオドール様はいない。存分に王位をねらっていただかないと」

「そうね。もしテオドール様が戻られて、継承権があちらへ戻ったら、テオドール様はしかるべきお家から花嫁をもらい直すことになるでしょう。もうクリスティナはイザーク様の花嫁なのだもの」

「そうだ。他家からの花嫁など許せるものか。王妃になるのは我がローソルト家の娘でなければならないのだ。クリスティナがイザーク様の妻なら、王はイザーク様でなければ」

見えなかったものが見えてくる。

お父様の考えが、初めてわかった。

私を愛してくれていると思っていた。厳しい言葉も、愛情故だと思っていた。でもお父様は、私という娘を愛してくれていたのではなかったのだ。

王妃として、王家に嫁がせる娘を、『作り上げて』いたのだ。

私の幸せな結婚を考えていたのではない。もしそうであるなら、式の最中に初めて花婿が替わっていることを知った私にかける言葉は、もっと違ったものになっていただろう。

お父様が事実を知った時に、私に真実を伝えてくれただろう。

でもお父様はそうしなかった。私に黙ったまま結婚を強いたのだ。

「しっかりするのよ、クリスティナ。困ったことがあったら、いつでもお母様に連絡なさい。お母様はあなたの味方ですからね」

味方……。

敵がどこにいるの？

誰が敵なの？

それを教えてはくれないのに、『私は味方』と言うのね。

よく……、わからない。

何を信じればいいのか。誰を信じればいいのか。

愛してくれていると思った両親は、私を道具として大切にしていただけ。結婚するはずだった人は他に愛する人がいて、姿を消した。

では、私は？

私はどうすればいいの？

「クリスティナ。お前が王妃になるのだ、いいな」

お父様は、最後まで私に触れてくれなかった。

二人ともこの結婚が嫌なら、という話はしなかった。

そして私も、最後まで自分の気持ちを表に出すことはできなかった。

望まれている返事を知っている。

それを口にすることしかできない。そんなふうに育てられていたから。

違うと感じていても、それを言葉にすることすらできないのだ。

本当に、人形のように、私はいつもの返事を口にした。

「……はい、お父様」

お父様が満足げに頷き、お母様がもう一度強く抱き締めてくれるのもいつものようで、それがまた悲しかった……。


イザーク様と宰相が去り、お父様達が去った後、私は一人部屋に残された。

美しい部屋。

ここに移ってくる日を待ち望んでいたのに、今は広いこの部屋が空虚に思える。

ノックの音がして、今度入ってきたのは二人の侍女だった。

「御召《おめ》し替《か》えを」

ああ、そうだったわ。

私はまだウエディングドレスだった。

「お加減はいかがでしょう」

「大事無いわ」

「では御召し替えの後にお食事を」

「ええ」

侍女は、見知らぬ顔だった。

落ち着いていて、仕事はテキパキしている。年齢も上のようだし、今の状況の私の部屋へ送られてくるということは、事情を知っている者なのだろう。

一生で一度しか着ない、憧れのウエディングドレスは、あっという間に脱がされ、ゆったりとした締め付けのないドレスに替わった。

結っていた髪は既に解かれていたが、改めて丁寧《ていねい》にブラッシングされる。

ティアラは、倒れた時に外したのだろう。あれは王家のもので、役目を終えたらしかるべき場所へ戻さねばならないものだから。

けれどイヤリングは私の個人のものだった。きっと、装飾品をまとめて外した時に持っていってしまったのね。

今は疲れて、そのことを確かめる気にもならない。

ティアラと一緒に保管されているなら、後で言えば持ってきてくれるだろう。

着替えをし、寝室に続く居室へ移り、長椅子に座る。

窓の外は、まだ明るかった。

お式が午前中のことだったなんて信じられない。まだ『同じ日』なのだわ。もう随分と遠いことのように思えるのに。

すぐに運ばれてきたお食事は、遅い昼食ということか。

お料理は豪華だった。

でも私は食べる気にはなれず、少しだけ手をつけて下げてもらった。代わりにお茶を頼んで。

「私の家から侍女が来ているはずだけれど、彼女達はどうしているの？」

身の回りの世話をする侍女は、嫁入り道具のようなもの。別宅に暮らしていた時から私に付いていた侍女が、今回一緒に来ているはずだった。

「申し訳ございません。暫くは私共でお世話するように、と命じられております」

「あなた達が……？」

「不備などございましたら、いつでもおっしゃってください」

そう……。

この特異な状況の中、私を外部の人間と接触させないためなのね。

私の家から来る侍女は、私の花婿はテオドール様だと思っている。けれど実際はイザーク様が夫となった。

そのことに疑問を持ったり、他の誰かに言ったりしないように、お城で用意された侍女が付く、というわけね。

「何も不備はないわ。ありがとう」

彼女達を下げ、運ばれてきたお茶で喉《のど》を湿らせると、少しだけ落ち着いた。

受け入れなくては。

私にできることなどない。

お父様の言うとおり、ローソルト公爵家の娘としての役割を果たさなくては。

私は王子妃となった。私の夫はイザーク様。それが現実なのだ。

窓の外が暗くなってくる。

時間が来て、また侍女達が訪れた。夜のパーティの支度を整えにきたのだ。

今度は薄青のふわりとしたドレスで、髪も結わなかった。

国王夫妻がいらっしゃるから、私達はまだ『子供』らしさを出さなければならないからだ。

結婚式の時とは違うティアラを載せ、すっかり綺麗にできあがった姿を鏡に映す。

これから、私は『王子妃』として務めなければ。

今までやったことは無駄ではないはずよ。

私は、誰が見ても『素晴らしい女性』とならなくては。

「着替えたのか」

突然声がして、私はハッとした。

「イザーク様」

昼間とは違う礼服に着替えたイザーク様が、ドアを開けて入ってくる。

テオドール様とは違った、王者の風格を感じる。彼もまた、立派な王子だわ。

侍女達は彼の姿を見ると、黙って去って行った。

「もう動けるか?」

「はい」

彼は私の姿を上から下まで眺めた。

どこかに不備はないか、と確認されているようで居心地が悪い。

「ローソルト公爵から話は聞いたか?」

「はい」

「父上の身体のことも?」

「はい。伺いました」

「言うまでもないことだが、パーティの最中にそれを顔にも口にも出すなよ」

「当然ですわ」

「では行こう。父上達が待っている」

彼が腕を差し出すから、そっと肘に手を載せる。

エスコートされ、廊下に出て、会場となる大広間ではなくその手前の控えの間に入ると、中には国王夫妻が待っていた。

「クリスティナ」

深い赤のドレスを着た王妃様が私に駆け寄り、手を取って私をイザーク様から離した。

イザーク様はそれを惜しむことなく、陛下のもとへ向かった。

「ああ、可哀想なクリスティナ」

王妃様は、開口一番、私が一番欲しかった言葉を口にした。

「驚いたでしょう？　悲しかったでしょう？」

手を取ってくれたその瞳は、潤んでさえいる。

この方は……、本当に私を『可哀想』だと思ってくれているのだわ。

そう思った瞬間、私も涙が零《こぼ》れそうになった。

「あなたがテオドールを愛していたのは知っていましたよ。本当にごめんなさいね」

テオドール様を愛して……、いたのだろうか？　恋をしていた自覚もない。ただ憧れていただけのような気もする。

けれど、そう言われてしまうと、辛《つら》さが増した。

「テオドールがいなくても、私をあなたの義母と思って。前にも言ったでしょう？　私は娘が欲しかったの。あなたが本当の娘になる日が待ち遠しかった。それなのにこんなことになるなんて……」

「王妃様……」

このお城の中で、たった一人私の気持ちをわかってくれる人がいた。

お父様もお母様も、私の気持ちを考えてはくれなかったけれど、王妃様は私が『悲しい』ことをわかってくれている。

「今日は、色々と言ってくる者もいるでしょう。でも大丈夫よ、困ったら私のところへいらっしゃい。私が守ってあげるわ」

「でも王妃様もお忙しくて……」

「私はいいのよ。何より傷ついたあなたを放ってはおけないわ。どうせイザークは何もしてくれないでしょうし……」

王妃様はちらりとイザーク様を見た。

声の届かないところで、陛下と何か話し込んでいる。

こうして並んでいるのを見ると、やはり二人は親子なのだと思うくらい似ていた。

私の視線に気づき、陛下が先に振り向き、私に笑みをくれる。

「これは素敵にできたな。イザークも嬉しいだろう」

それはどうかしら、とは言えない。

彼は私のことを、少しも褒めてはくれなかったのだもの。今も、陛下のお言葉に応えることはしなかった。

「いつもならば私達が最後に入るのだが、今日はお前達が主役だ、イザーク。クリスティナの手を取りなさい」

「はい」

イザーク様が陛下から離れ、私に歩み寄る。

陛下は王妃様の手を取られた。

「変わらず美しいよ」

陛下は王妃様の美しさを称《たた》えたのに、彼は無言だった。

それだけではない、表情が硬くなっている。

「お嫌い……ですか？」

私のことが、と続けようとした途端、彼はポソリと呟《つぶや》いた。

「パーティは苦手だ」

まあ、それではその無表情な顔は、私に向けてのものではなかったの？

「あまり出たことがない」

そういえば、彼は公式な席にはあまり姿を見せていなかったはず。しかも出席すれば噂の的だろうから、苦手となるのは頷ける。

「先に言っておく。私はダンスが下手だ。だから今日は踊らないぞ」

拗《す》ねた横顔が、それまでと違って、とても人間味のある表情に思えた。

「それはいけませんわ」

「何？」

「私達は今日の主役ですもの、私達が踊らなくては他の者が困ります」

「足を踏むかもしれない」

「私、ダンスは得意です」

「ダンスは男がリードするものだろう」

「イザーク様がステップを間違えなければ、私が美しく見せますわ」

それならば自信がある。

彼は唇を尖《とが》らせ、ふん、と横を向いた。

「では期待しよう」

案内の者に先導され、大広間へ向かう。

呼び出しがイザーク殿下と私の名を呼ぶと、広い会場いっぱいの人々の視線がいっせいに私達に向けられた。

緊張で倒れただけ、身体を悪くしているわけではない。この結婚を嫌がったわけではない。それを説明することはできないから、態度で示さなければ。

イザーク様の腕を取り、微笑むことがその説明になるのだ。

「皆も知っているとおり、本日結ばれたばかりの若い二人だ。どうか心より祝ってくれ」

陛下がお言葉を述べると、会場からは割れんばかりの拍手が沸き起こった。

豪華な衣装を身に纏った男女が、きらびやかな大広間いっぱいに満ち、その全ての者が私達だけを見ている。

圧倒される人の熱。

音楽が流れたので、私はイザーク様に言った。

「踊りましょう。最初はワルツですから、簡単ですわ」

大きく空けられたフロアは、私達を待っている。そこに私達が立たなければ、誰も踊り始めはしないだろう。

彼にもそれがわかったのか、観念したようにフロアへ歩み出た。

ああ、よかった。

私の学んできたことが全て無駄だったわけではないと、彼に示すことができる。

イザーク様は、本人の言ったようにあまり上手《うま》い踊り手とは言えなかった。習ったばかりの人が、基本のステップを間違えないように踏む、といった感じの踊りだ。

けれど私にはできる。

その基本のステップに花を添えることが。

微笑んで、ドレスの裾を大きく膨らませて何度もターンする。

手を組んだ彼に、身体を寄せ、あやふやになりそうな時には足元をスカートの裾で隠しながら。

見ている者の目に、落胆はなかった。称賛の色さえ見えた。

曲が終わると、私は自分が与えられた役目をまっとうできたことに満足した。

彼の一言を聞くまで。

「派手《はで》さばかりで中身のない……」

……お気に召さなかったのだわ。

でも、人の上に立つ者には華やかさも必要なのに。

私達は揃って陛下達のところへ戻ると、そこには何人かの方々が集まっていた。

「素敵だったわ、クリスティナ。まるで花のよう」

ここでも、王妃様は微笑んで私を迎えてくれた。

「ありがとうございます」

けれどここでは二人きりではない。

すぐに、陛下のもとに集まっていた方々が私達を取り巻いた。

「ローソルト公爵のご息女でしたな。これはお美しい」

「本当に。公爵が常日頃ご自慢なさるわけだ」

お父様の名前が出ると、何故か胸がチクリと痛んだ。

私のいないところで私を自慢してくれていた、というのは嬉しいことのはずなのに。

「こんな美しい奥方をいただいて、イザーク殿下も得をしましたな、テオドール殿下が病気になられて」

まあ、何て失礼な。

この方は、隣国グラコスの大使ね。

我が国の貴族ならば、こんなに非礼なことを言う人はいないもの。

イザーク様は聞こえていないわけはないだろうに、何も言わなかった。

「反対に、王妃様は残念だったのではないですか？　実の息子であるテオドール様が病気になられるなんて」

王妃様はにっこりと微笑んだ。

「まあ、お気遣いありがとう。けれどどちらにしても、こんな可愛らしい娘が来てくれたことに変わりはありませんわ」

さすがだわ。

王妃様は器が違う。

「あなたのお言葉は、今日まで私を実の息子のように育ててくれた義母上《ははうえ》に対する侮辱と受け取れる。その言葉は、お国の総意かな？」

低く、恫喝《どうかつ》するような声に、皆が声の主に目を向ける。

イザーク様は、全員の視線が自分に集まってから、声の冷たさとは裏腹の笑顔を浮かべた。だが目は笑っていない。

「いや、これは失礼を……」

イザーク様の視線に射竦《いすく》められて、大使はすぐに謝罪した。

「義母上。クリスティナの体調が心配なので、彼女を下がらせてよろしいでしょうか。先ほどのダンスで役目は果たせたと思いますので。よろしければ、部屋まで付き添ってやっていただけると嬉しいのですが……」

「まあ、甘えたことを。でもいいわ。可愛いクリスティナの体調は、私も心配ですからね。皆さん、少し席を外させていただきますわ」

今のは……、イザーク様が王妃様を気遣ったのよね？

ここでの私の役目は、彼の言葉に従ってここから立ち去ることだわ。

「申し訳ございません、皆様。私、まだ緊張していて……。明日には心を強く持って、皆様の前に立ちますわ」

だから、私が席を外したい、と思っているような言葉を口にした。

「今夜のためにも、身体を休めておきなさい」

イザーク様が私の額にキスをする。私達が仲睦《なかむつ》まじい関係であると示すように。

そしてもう一度私を見て、目を細めた。

吟味しているような、蔑むような視線。

彼の目に、私はどう映っているのだろう。

もっと、何か言葉が欲しい。いいとか、悪いとか、言って欲しい。

「では義母上、お願いいたします」

でも、望むものは与えられなかった。

「ええ。参りましょう、クリスティナ」

王妃様も、私達が仲のよいことを示すためか、腕を組んでくる。

パーティはまだ始まったばかりで、退席するのは忍びないけれど、今はこれが最良の策だろう。

王妃様は笑顔を浮かべたまま、私と大広間を出た。

「今更あの子に気遣われるとは、忌々《いまいま》しい……」

その時に漏らした言葉が、王妃様の心に闇《やみ》があることを教えた。

忌々しい……？　イザーク様は王妃様を気遣ったのに？

「残念だったわね。他の方と踊れなくて」

「え、いいえ。イザーク様と踊りましたもの」

「あの子、あまり踊りが上手くなかったわねぇ」

今度はちゃんとした笑顔。

「どう？　今度は私と揃いのドレスでも着てみない？　きっとみんな驚くわ」

「まあ、それは素敵ですわ」

もう、イザーク様のことは会話に上らなかった。

王妃様は努めて明るい話題を続け、私の気分をもり立てようとしてくれた。

部屋まで来ると、自分は大広間へ戻ると言ってすぐに立ち去った。戻っても、無礼な人々はまた何か言ってくるだろうに、それに立ち向かうおつもりなのだわ。

本当にご立派な方。

それだけに、さっきの呟きが心に引っ掛かった。

今日はもう一度、彼はこの部屋を訪れるだろう。

今夜は結婚式の夜だもの。

その時に、少し話をしてみようかしら？　彼が私の体調を気遣うわけはないし、あの時は、王妃様を気遣ったのよね？　あなたは王妃様を嫌っていないのでしょう、と。

私に訊く勇気があるのかしら……？　またあの冷たい目で見られるのは、少し怖い気がするわ。

でももう、私はイザーク様の妻。

あの方のことを一番に考えなくては。テオドール様のことを忘れて……。

頭の中で何度も繰り返し、私はその時を待った。

その時には、彼と何か少しでも話ができるように、と願いながら。


夕食も部屋で摂《と》り、湯浴《ゆあ》みをして、パーティ用のドレスは白い夜着に替わった。

後はベッドに入るだけなのに、侍女達に入念に磨き上げられる。

初夜、という儀式のために。

私は寝室の椅子に座り、置かれていた本をパラパラと捲りながら彼を待った。

身体を重ねて、夫婦になれば、彼の態度も少しは変わるかもしれないという淡い期待も抱いている。

だが、どれだけ待っても、彼が私のもとに訪れることはなかった。

いろいろなことがありすぎて、心も身体も疲弊していたから、私はベッドに入った。

それでも、暫くは目を覚ましていたけれど、いつの間にか眠ってしまった。

再び目を開けた時には、既に朝。

ベッドにも私にも乱れたところはなく、彼が訪れた気配はない。

イザーク様の寝室に続く扉に、鍵《かぎ》は掛かっていないはずだ。少なくとも私は掛けてはいない。

なのに、彼は訪れなかった。

失踪したテオドール様の身代わりとして結婚させられたのは彼も同じ。彼は王になりたかったわけでも、私と結婚がしたかったわけでもない。

妻としての私に、興味などないのだ。

もしかしたら、長い外国暮らしで、そちらに想《おも》う方がいらしたのかもしれない。

陛下が、王妃様がいらっしゃりながらイザーク様のお母様を求めたように。

もしそうならば、私は一生この部屋で独り寝となるだろう。

身体を起こしたベッドの上でため息をつくと、ノックの音がして侍女達がやってくる。

「お目覚めでございますか？」

「今起きたところよ」

「ではお支度を。本日は、昼食の後、お帰りになられる方々のお見送りもございます。夜は重臣の皆様との会食でございます」

「わかりました」

ベッドから降りて、新しいドレスを着る。

侍女達は手際よく私を仕上げ、朝食の席へと案内した。

他のお客様達もいらっしゃるのかと思ったが、朝食は私と王妃様だけだった。

「陛下とイザーク様は……？」

とお尋ねすると、王妃様は「お仕事だそうよ」と答えてから「暫くは私達だけの朝食となりそうね」と微笑まれた。

イザークには、王を補佐するための教育はしてきた。

けれど王となる教育はしてこなかった。

なので今はその教育中なのよ、とのことだった。

「昨夜はあの子と話をした？」

「いいえ、あの……。疲れてすぐに眠ってしまったものですから。もしお訪ねになられていても、気づかなかったかと」

「いいのよ、気を遣わなくても。きっと行かなかったのでしょう。『忙しい』は殿方の言い訳ですもの」

「王妃様……」

「お義母様《かあさま》、と呼んで頂戴《ちょうだい》。もう城の中で私を『母』と思ってくれる者はあなたしかいないのだから」

「……イザーク様は」

「あの子は私が嫌いなのよ」

王妃様は寂しそうに微笑《わら》った。

「あの子の母を追い出したのは私だと思っているでしょうからね」

「追い出……されたのですか？」

口に出してから、訊いてはいけないことかと思ったが、王妃様は気になさらなかった。

「出て行ったのよ。正確に言うと、自分の子供を守るために城から離れたの。私が息子をどうにかするとでも思っていたのでしょう。……聡《さと》い娘だったわ。私と違って気の弱い。息子のイザークは似ていないわね」

この口ぶりだと、王妃様はイザーク様を嫌っているようには思えなかった。むしろ、気を遣ってあげたのに避けられたことを嘆いているように聞こえる。

「あの母子に、私は全て奪われてしまったわね。陛下も、王位も。テオドールも私を置いていってしまった……」

「私は、王妃様がいらしてくださって嬉しいです。王妃様……、お義母様がいらしてくださると思うから、私はこの混乱を乗り切ることができるのですもの」

「……嬉しいものね。私を必要としてくれる者がいるということは」

王妃様が微笑まれたので、少しほっとした。

王妃様は……、お寂しいのだわ。

夫である陛下が他の方を愛し、その方に優しくしてあげようと思ったら逃げられ、息子を立派な王になるよう育てたら、何も言わずに出て行ってしまった。

私なら、きっと耐えられなくて泣いてばかりだったでしょう。

でも王妃様はお強い。

「昼食の時に大使達の顔と名前を教えましょう。国内の貴族達については全て網羅しているとローソルト公爵は言っていたけれど、大使はすぐに替わるものだから」

「はい」

「それぞれのお国柄に合わせた手土産を渡すから、少し早めに私のところへいらっしゃい。そういうことも教えてあげます」

「はい」

どんなにお辛くても、ちゃんと王妃様のお仕事をこなしてらっしゃる。

私も、もう『いつか』ではなく『近々』そのお役目を引き継がなくてはならないのだ。

「一生懸命学びますので、どうかご指導くださいませ」

「ええ。私達だけでも、心を通わせておきましょう」

もしも、イザーク様が王妃様と本当のお母様のように接していたら、王妃様のお気持ちも変わったのかしら？

あの『忌々しい』は、テオドール様がいなくなった今になって気を遣うなんて、ということだったのかしら？

もしもお二人が仲睦まじかったなら、お二人でテオドール様がいなくなったことを悲しみ、慰めあうことができたのかしら?

……都合のいい話ね。

王妃様は夫を盗《と》られ、イザーク様は城から出されたと思っている。今更その誤解を解ける人はいないでしょう。

第一、あのイザーク様が考えを変えるとも思えなかった。

その日も一日決められた予定をこなし、夜は一人で眠った。

翌日も、その翌日も、似たようなもの。

朝は王妃様と二人きりの食事、お昼は女性だけのあつまりに出席したり、駐在大使のお宅に招かれたり、ガーデンパーティやティーパーティなどにも招かれた。

私のお披露目なので、欠席はできない。

夜も、高位貴族の方々のパーティに招かれるか、何もなければ王妃様のお部屋でお話をしたりお勉強をしたり。

ただ、どの催しも、私は一人で出掛けなければならなかった。

イザーク様は陛下や議会とのお話し合いで、私には姿すら見せてくれなかった。

時々、王妃様とご一緒することはあったけれど、公の場では王妃様には王妃様のお仕事があるので、会話もない。

それでも、王家に嫁ぐということはこういう公務や私的な集まりをこなすことだと認識はしていたので、辛いことはなかった。

ただ、今日の出来事を報告する相手がいないのが寂しいだけ。

実家から侍女を呼んではいけないか、と一度王妃様に伺ってみたのだが、まだ情勢が安定するまでは部外者は呼べないとのことだった。

早く、この状況に慣れなくては。

それぞれがそれぞれの場所で、成すべきことをしているのだもの。私も自分に与えられた役割をまっとうしなくては。

忙しければ寂しさも忘れる。

そう思って、結婚式から十日ほどが過ぎた……。


その日の予定は、朝の支度をしに来る侍女が教えてくれる。

そして予定に合わせて身支度を整える。

けれどその日の朝は、侍女が来なかった。

いつもと同じくらいの時間に起きたと思うのだけれど、ノックの音がない。

何かあったのかしら？

私はベッドから降りてガウンを纏った。

その時、私がこの部屋で生活を始めてから一度も開かなかった扉が、突然開かれた。

「起きていたか」

隣の寝室に続く扉から現れたのはイザーク様だった。

「あの……、おはようございます」

他に言葉が見つからず、朝の挨拶をする。

「申し訳ございません。今朝は侍女が遅くて、このような姿で……」

「侍女は来ない」

「え？」

「今日はこの部屋に近づくなと言ってある」

「それはどういう……」

もしかして、今日を初夜とするつもりかしら？　まだ朝なのに。

「これを付けて、この服に着替えろ」

ベッドの上に乱暴に放られたのは、黒髪のかつらと帽子、粗末な男の服だった。

「これに……、ですか？　でも……」

「テオドールは人形のような女を王妃にするつもりだったようだが、私は違う。お前が王妃になるなら、学んでもらわないと」

「お勉強でしたら、王妃様に……」

「王妃からは学べないことを学ぶんだ。城の中だけで国のことがわかるわけがない」

「城の中だけで……。もしかして、城の外に出るのですか？」

「ああ」

「でしたら、このような服を着て皆の前に出るわけには……」

「だからかつらを付けろと言うんだ。お前のプラチナブロンドは目立ちすぎる」

「え……？　あの……」

「察しの悪い女だな」

「わかるように言ってくださらなければ、わかりません」

あまりの言われように、ムッとして言い返すと、彼は意外だという顔をした。

それからきちんとした説明をくれた。

「これから、街に視察に出る。視察と言っても、王子と王子妃としてではない。私は下級官吏として、お前はその助手だ。官吏が女を連れて歩くわけにもいかないし、お前の髪は目立ちすぎる。できれば顔も何とかしたいくらいだが、それは無理だろう。だから帽子を深く被らせる」

街へ、身分を隠して出掛ける？

「二人だけで、ですか？」

「当たり前だ。さっさと支度をしろ」

「男の方の服など着たことがありません。着替えろと言われても……」

「侍女がいないと着替えもできないのか……」

「殿方の服など、着たことはありませんもの」

イザーク様はベッドに投げた服を広げると、その着方を説明してくれた。

「シャツは袖を通してボタンを掛ける。ズボンは足を通して、ここのボタンを閉める。ベストはシャツの上。他に質問は？」

「下着がズボンの中に入りませんわ。それに、胸は……？」

「胸には布を巻け。ドレスの下に着るような下着はいらん」

「心もとないですわ」

「ではドロワーズを二枚重ねたらいいだろう」

「髪がかつらに入らないかも」

「編んで纏めろ」

「侍女を呼ばずに髪を編むのですか？」

彼は大きなため息をついた。

「貴族の女が何もできないとは知っていたが、ここまでとは……。後ろを向け、髪を編んでやる」

「イザーク様が？」

「縄を編むのと変わらん。髪を纏める紐を持ってこい。それから下着も出せ。飾りを取ってやる」

「でも……」

「いいから、早くしろ！」

「はい！」

彼は一旦《いったん》自分の部屋へ戻ると、ハサミを持ってきて、私の出した下着からリボンやレースを取り去った。

「ほら」

と差し出されても、男の人の前で着替えるなんて……。

「どうした？」

「……あちらを向いていてください」

「夫婦だろう……、と、そうではないか」

彼から『夫婦』という言葉が出て、一瞬そう思ってくれていたのかと思ったが、即座に否定されて傷つく。

取り敢えず背を向けてくれたので、用意された下着を身につけ、シャツを羽織《はお》り、ズボンをはく。

「よろしいですわ」

ちゃんと着たつもりだったのだけれど、彼は「シャツは脱げ」と言った。

「着方が間違ってますか？」

「違う。胸を潰《つぶ》すんだ」

「胸をって……」

「いいから脱げ」

強引にシャツを脱がされ、下着の上から持ってきた布をぐるぐると巻かれる。

「苦しいか？」

「……少し」

「明日までに革の胸あてを用意させよう。今日はこれで我慢しろ」

「明日までにって、もしかして明日もこの格好をするのですか？」

「暫くはな。ベストを身につけて、ブーツをはけ」

言われたとおりにしている間に、彼は器用にも私の髪を編み、かつらの中に押し込んだ。

「髪が長いな」

「切りませんよ！」

漏らした彼の言葉を聞き、髪を押さえて声を上げる。

私の勢いに驚いたのか、彼は身体を引きながらボソボソと呟いた。

「さすがにそれは言わんが……。もう少し大きめのかつらを用意させよう」

用意させる、ということはこれは彼一人でしていることではないのだわ。誰か協力者がいるのね。

すっかり支度が整うと、彼はぐるりと私を見回し、「まあいいか」と頷いて、仕上げにツバのある帽子を被せた。

「馬には乗れるか？」

「はい」

「そいつはよかった。では行くぞ」

彼は、自分の寝室へ続くドアへ向かった。

行くぞと言われたので、慌ててその後をついてゆく。

イザーク様は白いシャツ一枚の姿だったけれど、自分の部屋で薄汚れた上着を羽織り外に出た。

こんな心もとない格好で誰かに会ったらどうしよう。

王族の居住区には基本、人は殆どいない。

要所要所に衛士が立っているくらい。その衛士に会ってしまったら……。

しかし既にその辺りは手配済みなのか、誰にも会うことなく裏口のような場所まで行くことができた。

建物から出るところには、さすがに人がいたが、彼はさりげなく私を背後に隠して外へ出た。

外には、立派な身なりの男性が二頭の馬を連ねて立っていた。

確かこの方は陛下の側近のグラム伯爵だわ。

「そちらがお連れになる小姓《こしょう》ですか?」

彼は私をちらりと見たが、興味なさそうにすぐ視線をイザーク様へ戻した。

「そうだ。これで『一人』ではないだろう?」

「確かに二人ではありますが、そんな細い子供では、殿下の護衛にはなりません」

「私の腕は、一昨日騎士団長に勝ったことで証明できたはずだ」

騎士団長に勝ったですって?

王城の騎士団長といえば、かなりお強い方なのに。

「あなたは、御身の重要さがわかってらっしゃらない。何故お忍びで視察など……。視察がしたいのならば従者を付け、王子として行かれればよろしい。あなたはもう『王子』なのですから」

「ゾロゾロと従者を付けた者に真実が見えるものか。そういう考えが国を悪くする。私は一応生まれた時から王の子だったと思うが、今更『王子』になったと言われるなら、その王子の言葉に従っていただきたいな」

自分の失言に気づいて、グラム伯爵は口を噤《つぐ》んだ。

「乗れ」

私は声を発さず、帽子をずらさないよう注意して馬に跨《また》がった。

イザーク様も馬に乗り、グラム伯爵を振り返る。

「今日は夕刻までに帰る。出迎えはするな」

「あなたは、今やただ一人の王位継承者であることをお忘れなく」

「テオドールが戻らなければ、な」

二人の会話で、何かが見えた。

私の知らなかったことが。

今までイザーク様を王子として扱わなかった人がいたとか、その人達が態度を豹変《ひょうへん》させたとか、テオドール様が戻らないと思われていることとか……。

イザーク様が先に走りだし、その後を追う。

お城からどうやって出るのかもわからないので、離されまいと必死だった。

ただ、彼の背中だけを見つめて。

人の少ない裏門で門番に通行証らしきものを見せ、外へ出る。

石畳の道は馬の脚によくないので、そこからは並足になる。

私はイザーク様に馬を寄せ、声を掛けた。

「どちらへ向かわれるのですか？」

「今日のところは城下だな」

今日のところは、と言われたので、ずっと抱いていた疑問を口にした。

「先ほどもおっしゃってましたが、もしかして、出掛けるのは今日だけではないのですか？」

「当たり前だ」

彼はあっさりと肯定した。

「一日で全てが見られるわけではない。ゆくゆくは下町にも行く」

「下町？　どこの街ですか？」

「城下の外周だ」

「城下の外周？」

彼の使う言葉が全くわからない。

城下というのは、城の周囲の街のことよね？　城下の周囲には外城壁がある。さらにその外周では何もないのではないかしら？

「そこに何があるのですか？」

「何もない。ないものを見に行く」

「ないものを見る？」

それは街道を見るとかそういうことかしら？

「行けばわかる」

城から城下町へ続く坂道を下りきると、また門があった。

こちらは通行証を見せずとも通してくれ、さらに道を進むと大小の建物が現れる。

城下町だ。

馬車の窓からちらりと見たことはあるが、貴族の娘が馬車の窓から顔を出すなんてはしたないと言われていたので、じっくりと見たことはなかった。

でも今日はそんなことを言う人はいない。

今の私は貴族の令嬢ではないのだもの。右を見たり、左を見たり、キョロキョロとしても、はしたないと怒られることはないのだ。

考えると、気分が高揚してきた。

私、初めての風景を見ることができるのだわ。

「イザーク様、イザーク様、あれは何ですか？」

「イザークと呼ぶな。ザックでいい。お前のことはクリスと呼ぶ」

「ではザック様、あれは何です？」

「帽子屋だろう。入り口に帽子の看板がかかってる。店はどこも売り物を象《かたど》った看板がかかっているから見ればわかるだろう」

言われて見れば確かに軒先に看板がかかっている。

帽子屋は帽子の、靴屋は靴の形の板にお店の名前が彫られていた。

店先にガラスを入れて商品を飾ってあるところもあれば、看板はあっても品物が見えない店もある。

ガラスは高級品だから、ガラス張りの店が高級店なのかも。

「あそこは何です？　看板は子馬の形ですけれど、子馬を売っているんですか？」

「あれは『跳ねる子馬亭』という飲み屋だ」

「飲み屋？　飲み物を売っているんですか？」

「酒を出す店だ。少し黙ってろ」

「……すみません」

怒られてしまったけれど、目に入るもの全てが珍しくて、城を出る時の不安は消し飛んでいた。

街には、大人も子供もいる。男性もいれば女性もいる。

馬車に乗らず歩いている者が多く、その服装もまちまちだ。

頭に大きな籠《かご》を載せている女性がいたかと思うと、馬車から荷物を降ろしている男性がいる。

走り回る子供達の横を、乳母を連れたお嬢さんがしずしずと歩く。

雑多だわ。

こんなに色んな人を一緒に見るなんて初めて。

貴族の世界では全てが仕切られている。貴族同士でも爵位によって入れる場所と入れない場所がある。家の中にあっても、召し使い達は主人と並んで歩くことはできない。主人は使用人の通路を歩くことは許されない。

互いにテリトリーがあるのだ。

でもここでは、そんなことは関係ないんだわ。

不思議。それとも彼等は身なりに差はあっても、同じカテゴリーの者なのかしら？

「キョロキョロするな。遅れずに付いてこい」

「あ、はい」

……やっぱりキョロキョロするのはいけないことなのね。

怒られないと思っていたのに、怒られてしまったのがショックで、その後なるべく視線を逸《そ》らさず、黙って彼の後ろを付いていった。

遠くに大きなお屋敷が見え、華やかで大きな店がある明るい街は、運河にかかる橋を渡ると様相を変えた。

人通りはあるが店はなくなり、装飾もない建物ばかりが連なる。

さらに大通りをそれて道を曲がると、街は急に寂しくなってきた。

何となく怖くなって、私はイザーク様に馬を寄せた。

「何だ？」

「……急にお店もない寂しい場所に入ったので」

「心配するな。この辺りは居住区だから店がないだけで、まだ治安は安定している」

「そうなのですか？　私……このような場所に来たことがないものですから」

「だろうな」

と言ってから、彼の方も私に馬を寄せてくれた。

「もう少し行くと大きな宿屋がある。そこで馬を下りるから、以後は人前で口を開くな。声を聞けばすぐに女とバレる」

「はい。でもあの……、何かあった時は？」

「袖を引いて、人のいないところへ私を呼べ」

「はい」

暫く行くと広場に出た。その広場に面した場所に大きな建物があり、建物に続く壁に開いた門から中へ入ってゆく。

門の中には何台もの馬車が停められ、馬も繋《つな》がれていた。

「こりゃあザックの旦那《だんな》、いらっしゃい」

馬車の陰から年老いた男が出てきてイザーク様に声をかける。

知り合いなのか、老人はにこにこしながら彼を『ザック』と呼び、近づいてきた。

「馬を頼む」

「今日はお泊まりですか？」

「いや。様子を見に来ただけだ、馬を見てくれるだけでいい」

イザーク様は私が下りた馬の手綱を取り、ご自分のものと合わせて老人に渡した。

「夕方前に戻る」

「へい。そいじゃ、確かに」

彼は私の肩を叩《たた》き、「行くぞ」と促した。

疑問はある。でも今はダメ。あの老人がいるから。

ここでもまた、黙って彼の後ろを付いてゆくだけ。

馬で入ってきた扉のない門を出て道へ出ると、人影が見えないので私は彼の袖を引いて声をかけた。

「今の方は、お知り合いなのですか?」

「知り合いだ」

「彼はあなたが王子だと知っているのですか?」

「いや、知らない。これから行く場所では、私は……、いや、俺は下級役人の『ザック』で通っている。お前もそのつもりでいろ」

「今の宿屋が目的地ではないのですか?」

「違う。お前は色々と俺に訊きたいことがあるだろう。だがそれは最後まで我慢をしろ。俺が『もういいぞ』と言うまでは、黙って付いてくればいい」

それだけ言ってまた歩き出す。

イザーク様がここによく来ているのか、何をしに来ているのか、いつから身分を偽ってここに来ているのか、等は訊きそびれてしまった。

レンガ造りの建物の多い街。

居住区だと言っていたけれど、時々はお店らしい看板が出ている。

けれど何を売っているのかはわからなかった。

人影はないと思っていたのだが、実際はそうでもなかった。皆、建物と同じような地味な服を着ているので、街に溶け込んでいて見分けられなかったのだ。

イザーク様が歩いていると、時々彼に気づいて会釈をする人がいる。

中には先ほどの老人のように、彼を『ザック』と呼ぶ人もいた。

その中の一人に、彼が声をかける。

「よう、親父《おやじ》。商売はどうだ？」

「ぼちぼちですな。最近は北で鉄がよく取り引きされてます」

「かなりの量か？」

「いや、それほどでも」

また違う者にも。

「最近はどうだ？」

「そうですなぁ。西の方は日照《ひで》りが続いて、小麦が高く売れますよ」

「国境沿いか？」

「ええ。麦に悪い病が出たらしいです」

「病にかかった麦が市場に出ることはあると思うか？」

「そりゃあね。小狡《こずる》いヤツは多いですから」

「お前は手を染めるなよ？」

「当然ですよ、あっしはちゃんと旦那に鑑札を取ってもらいましたからね。お陰でいい店にも納入ができます」

「真面目《まじめ》にやってれば、見返りはやるさ。だが一度でもズルをしたらすぐに取り上げるからな」

「しやしませんって」

今度は派手な化粧の女性が、彼を認めて建物から走ってきた。

「ザック、お久しぶり」

と言って彼の腕に腕を絡《から》め、身を擦り寄せる。

「くっつくな」

「あら、いいじゃない。久しぶりなんだから」

「久しぶりだからと言って、お前に懐かれる理由はない」

イザーク様はグイッと女性の頭を押し返したが、女性は離れなかった。

もし自分だったら、こんな態度をとられたら慌てて離れるだろうに。

「そっちの子は？」

まだイザーク様にぶら下がったまま、私の方を見た。

「見習いの子供だ。相手にするな」

「へえ、部下がついたんだ。出世したねえ」

化粧をした唇がケラケラと笑う。

「坊や、もう少し育ったらアタシんとこおいで。うんとサービスしてあげるから」

彼女が何の商売をしているかわからないので、帽子を深く被ったまま曖昧《あいまい》に頷く。

「ほら、行ってろ。俺は仕事中だ」

「はい、はい」

女性は離れ、建物の一つに入って行った。

あそこが彼女のお店なのかしら？

イザーク様の目的地は、大きな建物だった。

他所と比べると比較的新しく、色彩もある。

大きな扉を開けて中へ入ると、カウンターがあって、体格のよい男の人がいた。

「いらっしゃい。……って、ザックの旦那」

「様子を見に来た。最近はどうだ？」

イザーク様はカウンターに肘をつくようにして男に尋ねた。

「まあまあですな。ケンカもないし、上手いことやってます」

「酒は出してないだろうな？」

「もちろんですよ。酒場の親父達に営業妨害だって文句を言われちまう」

ここは……、どういうところなのだろう？

入り口にカウンターがある、ということは何かの受付だろう。

目を移すと、奥には広いフロアがあって、そこにテーブル席が設けてある。その向こうには飲食を提供するらしい別のカウンターがある。

では飲食店なのかというと、テーブルについている人の中には、書き物をしていたり、話し合ったりはしているが、そこに飲食物の姿が見えない席もある。

待合室のような感じかしら？

「商人の動向はどうだ？　北で鉄が売れてると聞いたが」

「ええ。と言ったって、警戒するほどじゃありませんや。何でも、鉄の橋を造るってことで、かき集めてるらしいです」

「鉄の橋？　どこの領地だ？」

「レンヌ侯爵んとこです。あそこのロート川が去年氾濫《はんらん》して橋が流されたでしょう？　あれで橋が流されたのが五度目だったらしくて、侯爵様が流されないように鉄で橋を造れって号令を出したらしいです」

「その技術はあるのか？」

「さあねぇ。とにかく侯爵様がおっしゃるんで、鉄を集めないといけないんですよ。お陰で鍛冶屋《かじや》は悲鳴です」

「そうか……。他には？　特に北の話が聞きたいな」

イザーク様は、ずっと受付の男と話し込んでいた。

北の話を聞く、ということは北の情勢を知りたいということかしら？　北は未だ安定していないということだから。

でもそれなら役人の報告を聞けばいいのに。

イザーク様はまだ役人を使うことに慣れてらっしゃらないから？　それとも役人にはわからないことを訊いているのかも。

受付の男の人は、野菜の値段がどうの、馬車の造りがどうのと、北の情勢とは関係のない話もしている。

でもそれは必要かしら？

もしもその他愛《たわい》のない話が聞きたいのなら、役人からは聞けないだろう。

質問したいけれど、口を開いてはいけないので、ただ黙って聞いているだけ。

「クリス」

「は……」

名前を呼ばれ、返事をしようとしたが、声を出すなと言われていたことを思い出して途中で口を噤んだ。

「来い」

返事の代わりに、コクンと頷く。

来いと呼ばれて向かったのは、あの広いフロアだった。

奥のカウンターに行き、お茶を頼む。

差し出された、ソーサーのない大きなカップに入ったお茶を持って、空いていたテーブルに座った。

「飲めなければ無理して飲まなくていいぞ」

と言われたけれど、ここにいる人達はこれを飲んでいるのだろうし、目の前でイザーク様も口を付けているので、私も恐る恐るカップに口を近づけた。

無理して飲まなくても、と脅されたからどんなに酷《ひど》い味なのかと思ったが、いつも戴くお茶より少し濃いだけだった。

ちょっと変わった香りがするけれど、美味しい。

「飲めるのか」

「はい。美味しいです」

「いや、味ではなく……。こんなところで出される飲み物に口を付けるのは汚いと言うかと思っていた」

「え？　汚いのですか？　器を洗っていないとか？」

「いや、そうじゃない。市民と同じものなど飲めるか、と言うかと」

「でも皆さん飲んでらっしゃいますよね？　イザー……、ザック様も飲んでらっしゃいますし」

私が答えると、イザーク様は納得したように頷いた。

「俺が飲んだから、か」

それがまるでいけないことのような言い方をして。

「ここでそいつを飲んで待っていろ。俺は別のテーブルへ行ってくる」

「私一人でここに？」

「俺も見えるところにいる。何かされたら声を上げていい」

「でも、声を出したら女性だと……」

「その辺はごまかしてやる。身の安全が一番だ」

私を危険に晒《さら》そうとしているわけではないのね。

「わかりました。お待ちします」

「……お前は人を信用しすぎるな。まあいい、おとなしく、何もせずに待ってろ」

イザーク様は、そう言って別のテーブルへ向かった。

彼が待てと言ったから待つと答えたのに、待つと言ったら信用するなと言う。お茶にしても、飲めと言って持ってきたのに、飲んだら意外な顔をした。

彼、私を試しているのかしら？

自分の言ったことができるかどうか。

しかもそれを私が受け入れないと思っているのだわ。だから応えると意外な顔をするのだ。

今まで私に与えられた返事は『はい』だけだった。

『はいお父様』『はいお母様』、誰に対しても『いやです』という言葉は使ったことがなかった。

だから、言われたことに従うのは当然という考えで受け入れていた。

けれど、イザーク様の態度で、私の中にある何かが、ピリッと反応した。

今まで私が『はい』という返事をした人は、皆、満足してくれたわ。そうだ、そう答えるべきだという顔をした。

何で？　という顔をしたのはイザーク様だけだった。

でも、だからと言って私が『望むことに応える』ために『いいえ』を口にしたら、彼はきっとばかにするんだわ。

だろうと思った、と。

そう考えると、彼の望むとおりにはしたくない。

結婚式から今日まで、彼は私の言葉を聞いてくれなかった。私のことを考えてもくれなかった。

私が『はい』と答えた人々は、私の『はい』を待っていた。私が『はい』と答えると、喜んでくれた。

イザーク様が待っているのが『いいえ』であって、その望みに応えても彼は喜びはしない。嘲《あざけ》るだけ。

だとしたらまだ、彼が予想していなかった『はい』で、驚いた顔を見る方がいいわ。この感情を何と呼べばいいのかわからないけれど、喜ばない人のために言いなりにはなりたくない。

私が飲まないだろうと思って差し出したお茶を、綺麗に飲み干した。

私にここで『おとなしく何もせずに待て』と言うなら、何かしたい。

……ただ、イザーク様のように誰かに話しかけるのは無理だけれど。

見知らぬ人ばかりで、女性と気づかれてもいけない状況で、何ができるかしら？　と思った時、先ほどのイザーク様のことを思い出した。

受付の男の人から話を聞いていたわ。ここへ来る途中にも。私は話しかけたりはできないけれど、他人が喋《しゃべ》っていることを聞くことならできる。

人の話を盗み聞きするのはよくないことだけれど、こんな仕切りのない場所で、周りに聞こえるほど大きな声で話している人のものならいいわよね？

私はさりげなく周囲を見回し、後ろで喋っている男女の会話に耳を傾けた。

「……でもこのまま南へ行くより、ここに留まった方がいいわ。今、王都はお祝いムードで貴族の財布の紐が緩いもの」

「バカ、俺達の売ってるもんが貴族に売れるか」

「だからあんたがバカよ。貴族の財布の紐が緩くなれば、使用人だって、出入りの商人だってそのお零れに与《あずか》れるでしょう？　それが回り回って私達んとこに来るって言ってんのよ」

「……なるほど」

商売をしているご夫婦かしら？

女性が男性に『ばか』と言っているのは驚きだわ。

「でもなぁ、南の方はそろそろ祭りだろ？　そいつも捨て難《がた》いんだよな」

「でも南に行くには路銀が必要よ。その分だけでも稼いで行こうよ。ここは病人なら泊まりがタダなんだろ？　私、仮病を使うから、ここに泊まって宿賃を浮かそう」

「ばか、仮病がバレたら普通の宿屋の二倍払わなきゃならないんだぞ」

「でもここは安全だし、街の宿屋より綺麗よ？」

「ちょっとの金を惜しんで大金を使うのはごめんだ」

二人の会話から、いくつかのことがわかった。

今、王都は賑《にぎ》わっている。お金は循環してゆく。南ではこれからお祭りがある。二人は旅をしながら商売をしている。

驚いたのは、この建物はお茶を出す店ではなく、病人が無料で泊まれる場所だということだ。嘘《うそ》をついたら料金を取るらしいが。

変わったところだわ。

誰が運営しているのかしら？

貴族の娘は、『お金』を知らない。見たこともない者が殆どだろう。私達は欲しいものがあれば『これが欲しい』と言えば、家に届けられる。

選びたい時は商人と商品を屋敷へ呼ぶ。

たまに店に行くこともあるが、その時も欲しいものを指定して屋敷へ届けさせる。

支払いは家の者がするので、物の値段すら知らない。

ただ、私は王妃となるために、世の中には『お金』というものがあり、市民はそれで買い物をしているのを知っていた。

彼等は旅をするために、あまりお金を使いたくないので、この宿を利用したいと思っているのだわ。

もっと色々聞きたかったが、その後は親戚《しんせき》の人がどうしたこうしたという個人的な話になってしまった。

これは聞いても仕方がないわ、と思った時にイザーク様が戻ってきた。

「待たせたな。上へ行くぞ」

「はい」

小声で返事をし、付いていく。

受付の横にある階段を使って二階へ上がると、そこにはズラリとドアが並んでいた。とても奇妙な光景。

どうしてこんなにドアばかりが……。

彼が一番手前の扉を開けたので、理由はすぐにわかった。扉に続く部屋が狭いのだ。

私の屋敷も王城も、一つの部屋が広いから長い廊下に扉は数えるほどしかない。きっと
こんなに一度にドアを見ることはもうないだろう。

「どうした、入れ」

小さな部屋は、またしても驚きだった。

部屋の半分がベッドなのだ。それも、一人が身体を横たえるのが精一杯ぐらいの大きさ
で、まるで長椅子のよう。

あのご夫婦はここに泊まるつもりだったの？

「あの……、ここで何人が寝るのですか？」

「一人に決まってるだろう。早く入れ、ドアを閉める」

よかった。では二人の寝室は別になるのだわ。

イザーク様がベッドに腰を下ろしたので、私もそこへ座る。

「ここなら誰にも聞かれることはないから、何でも言っていいぞ。文句があるならそれも
聞いてやる」

「では、ここは何なのか教えてください」

「最初に訊くのが、それか？」

「私が何を言うと思ってらしたのですか？」

「汚い場所に連れてきたと、文句を言うのが一番だと思っていた」

「確かにあまり綺麗な場所とは思えませんわ。でも、ここは清潔だと思います」

「何故そう思う？」

何でも訊いていいと言ったのに、訊くのはイザーク様なのね。

……訊いていいとは言ってなかったかしら？　何でも言っていい、だったかも。

「不衛生な場所は臭《にお》いが酷いものだといいます。ホコリやカビの臭いが強いのだそうです。でもここはそんなに臭いませんわ。下は食べ物や煙のような臭いが……」

「タバコだ」

「タバコの臭いがしましたけど、お茶を奥で淹《い》れていたせいか、その香りの方が強かったと思います。だから決して不潔な場所ではない、と考えたのですが」

「理論的だな」

「それで、ここは何なのですか？」

「何だと思う？」

再び質問すると、彼は質問で返した。

また、試されているのだわ。

答える材料が何もないわけではないので、考えてから答えを出した。

「特別な宿だと思います」

「何故そう考えた？」

「お部屋にベッドがあるから、宿なのだと判断しました。ただ、病人であれば無料という宿は聞いたことがないので、特別なものだと思ったのです」

イザーク様は、酷く驚いた顔をした。

今まで見たことのない表情。

何だか、胸がスッキリするわ。

「どうしてここが病人には無料だと知っている？」

「他の方が話しているのを聞きましたの。病人には無料だけれど、仮病だとわかると普通の宿の二倍の料金を取ると。私、ただ座っていただけではありませんのよ」

少し自慢げに言ってしまったかしら？

「ふむ……。人形ではない、か。いいだろう、教えてやる。ここは無料の休息所だ」

「無料の休息所？　どなたが運営してるんです？」

「俺だ」

「イザーク様が？」

「旅をする者が落ち着いて話ができる場所を作りたかったんだ。ここ入るのに資格はない。ただ、酒は出さないし持ち込みも禁止。茶は無料で出すが、他のものは提供しない。メシ……っと、食事がしたければ買ってきてここで食べるのは許されている」

「どうしてそのような……」

「人を集めて話を聞くためだ。ここで働いている者には、客の話をよく聞いているように言ってある」

「どこで何が起こっているかを知るためですのね？　それもお役人が知らない、瑣末《さまつ》なことを」

「そうだ」

「病人を無料にするのは？」

「旅をして病気になったら金は稼げない。宿に泊まる金も薬を買う金もなく、道端で死んでゆく者もいる。だからせめて宿だけでも提供してやろうと考えた」

「でも無料では、続けてゆくことができないのでは？　人を働かせるためにはお給金を払わなければならないのでしょう？」

「よく知ってるな。病人以外の者からは金を取っているし、ここで働く者に副業を許しているから何とか回っている。利益を出したいわけではないしな」

　何て素晴らしいことかしら。

　利益を考えず、弱者を助けようとするなんて。

など。

「あそこで人の話を聞いていたんだろう？　何を聞いた」

「え？」

「他に何を聞いた」

私は近くのご夫婦が話していたことを、要点を纏めて伝えた。王都の賑わい、南の祭りなど。

イザーク様はずっと黙って聞いていたけれど、私が話し終えると優しく笑った。

「頭の空っぽな人形かと思ったが、案外中身が詰まってるな」

どこかテオドール様にも似た微笑み。

私、認められたのだわ、イザーク様に。

胸の中に、何ともいえない満足感が溢れる。

こんな感じは初めて。

今までは、『やりなさい』と言われたことをやっただけだった。相手は、私ができることしか言わなかったし、最初からできると思われていた。だから、達成感はあったけれど、こんなに強いものではなかった。

彼は、私に期待をしていない。

さっき考えていたように、彼は私を試し、失敗する方を想像している。できない、と思って、できない結果をもって私を笑おうとしている。

その彼に、認められるから、嬉しいのだわ。

相手の期待以上のことを成し遂げた、という満足感が得られるのだわ。

「お前を連れてきた甲斐《かい》があったな」

と言われると、もっと嬉しかった。

さらにイザーク様は私に真面目な顔で話し始めた。

「俺は、王子として扱われなかった時、街を見て歩いた。お前達貴族の住む華やかな世界と違い、市民達は貧しい。この部屋を見ればわかるだろう？　王城の、お前の寝室の何分の一だ？」

「わかりませんが、とても小さいですわ。驚きました」

「食事にしてもそうだ。貴族の食事の残り物で、何人もの人間が助かるだろう」

「まあ、残り物などいけません。私達の分を削ってでも、ちゃんとしたものを渡すべきです。いつもお食事の量が多いと思ってましたもの」

またイザーク様が笑う。

どうしてかしら。

彼は急に素敵に笑うようになったわ。

私をばかにしているのではなく、とても嬉しそうに見える。

「我々の食卓から一品削るだけで、何人もの者にパンを分けてやれるだろうな」

「ではそうしましょう」

「それは無理だ」

「何故です？　だってよいことでしょう？」

「クリスティナは今この現状を見た。私の話もちゃんと聞いた。だが普通の貴族はそんなことはしない。事実、お前も今までそういうことを考えたことはなかっただろう？」

言われると、恥ずかしいことだが確かに考えたことなどなかった。

立派な王妃、というものは、貴族達が憧れ羨《うらや》み、模範となる存在になることだと思っていたから。

「私は、自由の身だった時、こういうことを調べてテオドールに報告していた」

彼の一人称が『俺』から『私』に戻る。

「テオドール様に？」

この話は、王子としての言葉なのかしら？

「彼は、私の話に耳を傾け、金も出してくれた」

「テオドール様は、イザーク様を聡明《そうめい》な方だとおっしゃってましたわ」

さっきまでの素敵な笑顔が瞬時に歪《ゆが》む。

「私も彼をよい王になるだろうと思った。だが彼は国を捨てた。誤解を恐れずに言えば、私はずっと王になりたかった。この国の窮状を救うためには、王族の一員ではだめなんだ。もっと強い権力が必要だった。王になって、この国を正したいと思っていた。だが、テオドールと話し合って、自分が王にならなくても、テオドールが王になるならばいいだろうと考えを変えた。彼が王になり、自分が裏方をやるのも悪くないと」

イザーク様は、テオドール様を信頼してらしたのだわ。

兄弟としての血の繋がりではなく、一人の人間としてテオドール様を認めていらした。それなのに、この方も何も知らされず置いていかれてしまった。それを怒っている。

ふと、王妃様のことを思い出した。

自分の示した愛情や行為が報われないことを嘆いていた王妃様。イザーク様も同じなのだわ。

「お前にこの状況を見せて、何も感じないようだったら、お前を人形として扱うつもりだった。王城に飾っておくだけでいい、と。だがお前は見所がある。お前なら、私の考えを理解してくれるかもしれない」

この方も、お一人なのだ。

立派な考えを持ってらっしゃるのに、理解されない。いいえ、理解されないと思って、誰にも近づこうとしない。

唯一近づき、相談したテオドール様に裏切られてしまったから、より傷ついてらっしゃるのだわ。

人を蔑むような冷たい態度。

あれは、『誰にもわからないだろう』という諦《あきら》めの態度だったのかもしれない。

「私……、イザーク様のおっしゃったとおり、何も知りませんでした。民衆のことを考えていたつもりはありましたが、実情は想像もしていませんでした。でも、あなたが教えてくださるなら、知りたいと思います」

「本当か？」

「はい。どうか私に教えてください」

真っすぐに彼を見つめると、彼は目を逸らした。

嫌がられたのかと思ったが、そうではなかった。

「……この反応は想定外だ」

口を歪め、困ったような横顔で鼻を擦りながら言った言葉は、優しい響きがあった。

また一つ、私は彼の考えていた以上の答えを出せたのだわ。

でも今度は、満足感というより、彼に認められた喜びの方が大きかった。

試されたのではなく、私に同意を求め、それに『はい』と頷いたことを喜んでくれている。私は彼を喜ばせることができたのだ。

「あの……、もう一つ伺ってもよろしいですか？」

「何だ？」

「ここへ来る途中に声をかけてらした女性は何を売っているのでしょう？　私にも店に来るようにおっしゃってましたが、何を買えばいいのかわからなくて……」

するとと彼は目を丸くして驚いてから、声を上げて笑った。

まあ、こんな笑い方もするのね。

「それはいつか教えてやろう。お前には買えないものだ」

そして私の頭を撫《な》でた。

「今日のところは、これで帰ろう。充分な成果があったからな」

とても優しく。


お城に戻ったイザーク様は、私を部屋へ戻すと、遅い昼食を頼んでくれたけれど、ご自分は食べずにすぐ出て行ってしまった。

でももう寂しいとは思わなかった。

彼は私を認めてくれた。いらないもののように置いていくのではない。

それが証拠に、出て行く時にこんな言葉をくれた。

「今日は疲れたろうから、もうゆっくり休め。夕食が済んだらまた来る」

以前にも、ゆっくり休めと言われたことがあった。あの時はできることはないから部屋でおとなしくしていろ、という感じだったが、今日は本当に休んでいろと聞こえた。

着替えて、一人でお食事をいただいた時も、もう寂しさは感じなかった。

侍女達は何も言わず、いつもと態度は変わらなかった。

今日の予定は何だったのか、聞くべきかしら？

私はまた体調が悪くて休んでいたことになっているのかしら？

身体が弱いと思われるのは嫌だわ。

結局何も訊けずじまいで、食事を終えた。

何の予定も告げられないままだったので、夜までの短い時間、私は今日のことを反芻《はんすう》して過ごした。

イザーク様は、冷たい、嫌な方ではなかった。

あの方は、崇高で、誠実な方だった。

兄のテオドール様を嫌ってはおらず、むしろ慕ってらした。だから、置いていかれて恨んでいるのだ。

私を嫌いなわけでもない。

何も知らない貴族が嫌いなのだ。

民衆のために尽力してきたから、彼等を助けたいと思い、彼等のことを考えようとしない貴族に腹を立てている。

私が彼等のことに気づいたら、私のことも同志のように思ってくれた。

自分の考えを話してくれて、優しくなった。

私は、彼を理解しよう。

彼のやりたいことを知ろう。

そうしたら、私達は上手くいくかもしれない。

夕食も部屋で摂り、暫くするとイザーク様が私の部屋を訪れた。

「遅くなったな」

と言う顔は、穏やかだ。

もう冷たい視線はない。

「本当にお前が私の話を聞く気があるのなら、少し話をしよう」

遠慮がちな物言い。

出会った時とは別人のよう。

「もちろん、聞きたいですわ」

「そうか」

まあ、何て嬉しそうな顔をするのかしら。

つられてこっちも嬉しくなってしまいそう。

「最初から、全部教えてください。イザーク様がどうして民の窮状をお考えになるようになったのか、今何をなさっているか、これからどうなされたいのかを」

本心から出た言葉だったのだが、彼の顔はまた喜びに溢れた。

「そんなふうに訊いてくる者がいるとは、思っていなかった。いいだろう、話してやる」

イザーク様は本当に最初から、話してくれた。

離宮に預けられ自由の身であった時、何もすることがなく、未来の展望もない時、遊びで近くの街へ出た。

そこで初めて、市民達と親しくなった。

始めはただ遊び回るだけだったが、次第に彼等の置かれた状況を知り、悩むようになってきた。

自分は自由しかないと思っていたが、何と恵まれているのだろう。

働く、ということを考えなくても恐らく一生楽に生きていけるだろう。

だが彼等は違う。生きるために働き続けなければならず、その働くことさえままならないのだ。

時々城に呼ばれると、その落差にさらに憂鬱《ゆううつ》になった。

豪華な暮らしを送る者の中で、何人が彼等のことを考えているだろう。彼等の暮らし向きをよくするために何かをしている者はいるのだろうか?

ある日、皮肉まじりでその話をテオドールとした。

意外なことに、テオドールはそのことを『考えて』いた。

だが、王城の中で王位継承者として自由のきかない身としては、視察をすることさえままならない。

そこで彼は自分に、もっと外を見てきて欲しいと言い出した。

「まあ、テオドール様が？」

「ああ。そのための金も、彼が都合をつけてくれた」

だからこそ、イザーク様は全幅の信頼をおいていたんだわ。

「もしかして外国への留学を勧めたのも、テオドール様でしたの？」

「いいや、それは義母だ。国内の反テオドール派と接触しないように、ということだろう。だがこちらは都合がよかった。国外には監視の目もなく、『国外にいる』ということにして、自由に街を歩き回ることもできたしな」

彼は、私の知らない世界をずっと見てきたのだわ。

私よりも、ずっと生きた知識を蓄えてきたのね。

「そんなわけで、途中からテオドールの支援を受け、彼の考えていることについても調べるようになった」

「お考えが違っていたのですか？」

「私は日々の暮らしについてばかり考えていたが、テオドールはもっと上から、国境警備だの、道路の整備や治水などを考えていた。未来の王としてさすがだと思ったものだ」

言った後に口の端が歪む。

それなのに何故消えた、という顔だ。

どうして私は向かい側に座ってしまったのかしら。もし隣に座っていたら、その手を握りしめてあげられたのに。

「いつか、私を宰相に据える、と言っていた。そのために学べ、と。もしかしたら、その時から……」

言いかけて彼は言葉を止めた。

「まあ、それがきっかけだ」

その時私に向けられていた視線が逸れたから、彼の気持ちがわかった。

『その時から……』に続くのは、テオドール様は駆け落ちを計画していたのかも、と言いたかったのだろう。それがいつのことかわからないけれど、私と婚約中だったのは確かだ。

だから、わざわざ口に出す必要はない、と思ってくれたのだ。

「国をよくしたいという計画は既に動いている。今日行ったような商人が立ち寄る簡易宿泊所も何軒か作った。どうしてあれが必要か、はわかるな?」

「はい。役人や貴族にまで上がってこないような情報を得るため、ですね？」

「そうだ。細かいことや不満は、役人には伝わらないだろう。地道に集めた方がいい。お前をあそこへ連れて行ったのは、あそこが安全な場所だったからだ。これから先は、もっと危険なところもある。それでも一緒に来るか？」

「参《まい》ります。ただ、命の危険がある場所は考えます」

「怖いからか」

「いいえ。それもありますけれど、王子妃として命を落とすわけにはいかないからです。イザーク様は私を人形だとおっしゃるけれど、人形も必要だと思います」

「人形と言ったのは悪かった。だが、その中には人形のように美しいという賛辞も入っていたんだ」

　私は驚いた。

　彼が私の容姿に対して『賛辞』という言葉を使ってくれたことに。

　嬉しくて、不覚にも涙が出そうになり、慌ててハンカチで目を押さえた。

「そんなに驚くことはないだろう。美しいなど、言われ慣れているのに」

「イザーク様が私を褒めてくださったのが初めてでしたので、嬉しくてつい。どんなに着飾っても、目に入ってらっしゃらないだろうと思っておりました。未来の王妃たるもの、感情を表に出してはいけないと教育されておりましたのに」

「くだらない」

突き放す言葉に胸が少し痛む。

怒らせてしまった。

「……申し訳ございません」

「お前に言ったのではない。そんな教育がくだらないと言ったんだ」

「ですが、私が泣けばその原因を作った者が罰せられます。喜べば、贔屓《ひいき》だと噂されます。そのようなことがないようにしなければ」

彼は難しい顔をした。

「それぞれに苦労はあるわけだ。ではこう言おう。私の前では我慢などしなくていい。泣きたい時に泣き、笑いたい時に笑え。仮面のように薄ら笑いを浮かべているより、ずっといい」

怒っているのではなかった。

私は、今までイザーク様の表情をいくつ読みちがえていたのだろう。

彼の言葉も誤解していたものがあるのかもしれない。

「初めてダンスを踊った時、『派手さばかりで中身のない』とおっしゃったのは、私のことだったのでしょうか？」

「そんなことを言ったか？」

「おっしゃいました」

「だとしたら、あのパーティのことだ。きらびやかではあるが、ただ私達の結婚を祝うだけで意味のない宴《うたげ》だと思っていたから」

　ああ、よかった。

　私のことではなかったのだわ。

「意味はありますわ。あそこには各国の大使も招かれてますもの。国威を示すには豪華でなければ」

「そうか。見栄《みえ》を張るのも必要、か。そういうことは私よりお前の方が詳しいな。空っぽの頭ではないと再認識だ」

　イザーク様は宮廷の世界からは遠ざかっていたから、そういうことはわからないのね。

　もしもテオドール様がいらしたら、こういうことは熟知していただろう。足りない分をお互いおぎなって、素晴らしい国をつくれただろうに。

「初めて見た時から、綺麗だとは思っていた。だが中身はそこらの貴族の娘と一緒で、どうせ軽薄で、ドレスとパーティのことしか考えていないのだろうと思った。権力や政治については何も知らなかったしな。だが、クリスティナにはクリスティナの持つものがあるようだ。考えを改める。……それで、これから何をするか、だが」

　彼は強引に話題を変えるように、話を始めた。

もしかしたら、彼は女性を褒めることが苦手なのかも。

だとしたら今の『綺麗だとは思っていた』は、貴重な一言だわ。

イザーク様は、様々なことを考えていて、私にそれを教えてくれた。

働く者達の憩いの場所、子供を預かる場所、病院を作りたいとか。定期的な市を開催し、外国からも人を呼びたいとか。

土木や軍備に関しては、城の人間も考えていて、そちらに任せた方がよさそうだとも。

話をしている間、彼は何度か『どうしてだと思う?』とか『お前ならどうする?』という質問を挟んできた。

お前にはわからないだろう、と思われての質問だと受け止めていたが、これも違うのかもしれない。

自分の考えだけでなく、他の人の考えも聞きたいと思ってのことかも。

よき公爵令嬢になるために、よき王妃になるために、私は沢山のことを学んだ。

けれどそれは全て、与えられるだけの知識だった。

これをやりなさい、あれを覚えなさいと、相手が用意したものを身につけてゆくだけだった。

イザーク様との会話はそれとは違っている。

与えるだけではなく、自分で考えろ、という姿勢。

私は沢山《たくさん》『考え』た。

自分からも、いくつか質問した。

私が質問をする度、彼が『ちゃんと聞いてくれているのか』という喜びを見せるので、もっと考えてもっと質問したいと思った。

気が付けば、時間は随分と遅くなり、思わず漏らした私の小さな欠伸《あくび》に気づいたイザーク様は、笑いながら今日は終わりだと告げた。

「明日も出掛けるのでしょう?」

「いや、明日はやめる」

「私、行けますわ」

「ああ。クリスティナを連れて行くつもりだ。だから変装の道具などをちゃんとそろえてやりたい。かつらや、胸を隠すものをちゃんとした方がいいだろう。下町へ行けば目敏《めざと》い者もいる。お前が女だと気づくかもしれない」

「やはり女性はダメですか?」

「危険だ。お前は下町を知らないようだったが、城壁の外側には下町と呼ばれる貧民街がある。農村などで食い詰めたり、国外から流れてきた者の集まりだ」

「どうして城下に入ってこないのですか?」

「入れないのだ。金がないから。それがどういうことか、いつか見せてやろう。今、そこに病院を作っているから、是非《ぜひ》見て欲しい」

「はい、是非」

「だが今日は休め。明日はまたいつもの予定をこなしていろ」

予定、と言われて思い出した。

「今日の私は何の予定もこなしていないのですが、病気で休んでいたことになっているのでしょうか？」

「いいや。私が外出するアリバイ工作をする為、夫婦で過ごしていることにしてある。他の者にもそう言ってある」

「よかった。病弱だと言われてしまったら困ると思ってましたの」

「……そうか。そういうことも気を付けよう。私はまだ父上との話し合いが続くが、夜に時間が取れたら、また話に来てもいいか？」

「もちろんですわ」

彼は私に手を伸ばし、一瞬手を止めてから頭を軽く叩いた。

「おやすみ」

それだけ？

私はまだあなたの妻ではないの？

「おやすみなさい」

……今はまだ嫌われてないとわかっただけで、我慢しなくては。

彼は『結婚』に対する心構えもないまま、花婿になったのだもの。

私を話し相手と認めてくれた。自分の夢を語ってくれて、これからを見せてくれた。

『綺麗』という言葉もくれた。

それで満足しなくては。

けれど、自分の寝室に戻ってゆく彼の後ろ姿を見送りながら、寂しさを感じることは止められなかった……。


それからの私とイザーク様の関係は、とても良好だった。

イザーク様は、相変わらず陛下との話し合いを続けていた。

王妃様に伺ったところによると、今まで教えられていなかった宮廷作法などを教えられているらしい。

他にも、これからの政策や議会との折衝について、陛下が引退なさった後に住む離宮の選定や医師団の選定など、細かに色々とあるらしい。

私も、一通りの顔見せが終わると、王妃様から宮廷のしきたりや、人間関係を学ぶこととなった。

今まで知らされてこなかったことだ。

お互い日中はそのような勉強をし、間に公務をこなしたり、パーティに出たりはしたけれど、夜にはイザーク様が私の部屋を訪れてくれた。

お茶を運ばせ、未来について話し合う。

時には、読んでおいた方がいいという本を持ってきてくれたりもした。

二度目の視察は五日後だった。

頭に合った黒髪のかつらは、私の長い髪を入れられるように前回よりも大きめに作られていた。

実は前のはちょっと痛かったので嬉しいと言うと、彼は、長い髪を押し込めるのに苦労したからと笑った。

胸も、布を巻くのではなく、弓兵が使う胸あてを改良したという革の胸あてを用意してくれた。

ベルトで調節ができるので、自分で加減ができるのがありがたい。

さらに、前回はベストだったものが、ちゃんとした上着に替わった。

「前は、半分脅しのようなもので、これで音を上げるだろうと思うような対応だった。どうせ一度しか使わないなら、適当なものでいいだろうと。だが本当にずっと付き合ってくれるのなら、快適なものの方がいいだろう？」

イザーク様のことが、少しずつわかってくる。

彼は、臆病《おくびょう》なのだ。

一度試してみないと、信じることができない。

質問を繰り返すのも、相手の真意や考えを確かめたいからなのだ。

そしてそれが信用に足るものだと思えば、こうしてできる限りのことをしてくれる。

彼に、とても興味が湧《わ》いた。

どうして、こんなにも人を信じられないのだろう。どういう生活をしてきたのだろう。

将来のことを語る彼には、優しさや思いやりがある。他人を幸せにしたいという気持ちが、彼の真実の姿なのだ。

他人の幸せを願いながら、他人を信じることができなくなるような、何があったのだろう。

さすがに本人に訊くこともできないし、彼について詳しい人も知らなかったので、それを知りたければ彼と共に過ごすしかない。

準備してくれた変装の道具に身を包んで彼と向かったのは、城下の隅で催されている市だった。

私は物を売るのはお店だと思っていたが、そこでは皆が地面に布を敷いて品物を並べていた。

「どうしてお店で売らないのですか？」

それはイザーク様にとっては愚かな質問だっただろう。

けれどもう彼は笑ったりしなかった。

「店を構えるには金がかかる。彼等は金がないのだ。店で働く者を雇う金、毎日商品を揃える金も。そういう人間が集まって、この市を開いている。中には遠くから品物を揃え市の間だけここに留《とど》まっている者もいる。そういう連中は店を持つ必要がない。ここで品物を売り切ったら、ここの品物を仕入れてまたどこかへ行ってしまうのだから」

「皆でお金を出し合ってお店を出したりはしないのですか？」

「面白いことを言うな」

「そうですか？　でも教会を建てる時などは、皆が寄付しあって建てると聞いたことがあります。ですから、ここにいる方達が皆でお金を出し合ってお店を出して、数日交代で場所を共有すればよろしいかと思ったんです」

拙《つたな》い考えかと思ったけれど、彼は褒めてくれた。

「悪くない考えだ。少し考えてみよう。店全体を貸し借りするのは無理だろうが、店の棚を一つずつ分けて貸し出すのはいい。金銭の管理を誰がするか等の問題があるがな」

私の考えが、認められた。

また喜びが身体に溢れる。

人に認められるというのは、こんなに嬉しいものなのか。

「何か興味のある物があるか?」

「……売り物が何なのかよく見てません」

「では少し見よう。皆がどのような物を売り買いしているかを知るのは悪くないことだ。気に入ったものがあったら買ってやる」

「本当ですか?」

「よく考えて選べよ」

石畳の大きな広場には、テントが並んでいた。

よく見ると、地面に布を敷いたのみの店だけでなく、棚を作って綺麗に並べている店や、馬車をそのまま店にしているところもあった。

売っている品物も、食べ物だったり、布だったり、装飾品だったり、食器だったりと、様々だ。

見たこともないものも沢山あった。

騒いではいけないと思いつつも、心がワクワクしてしまう。

「一回りしてから、決めればいい」

二人並んで歩いている時も、彼は手を繋いだり人の流れからかばってくれるようなことはなかったが、遅れてしまうと黙って止まって待っていてくれた。

私を見ることなく、店の品物を見ているように立ち止まるので最初は気づかなかったが、何度もそれが続いたのでわかった。

イザーク様は、優しくすることに不慣れなのかも。

「あれは何ですか？」

「セッケンだ」

「あのレンガみたいなものがですか？」

「お前が使っているのは、花だの鳥だのの型に嵌《は》めて作っているだけで、物は同じだ」

「あの道具は？」

「火打ち石だ」

私の疑問にも、一つ一つちゃんと答えをくれた。

でも質問しなければ説明はしてくれない。

イザーク様は、不器用なのだわ。

その日は、外で食事をした。

立ったまま食べる屋台というのも美味しそうな匂《にお》いを漂わせていたが、やはりお食事は座ってしたいと言うと、外にテーブルを出しているお店に連れて行ってくれた。

硬いパンと具の少ないスープ。

肉や魚のメインディッシュはない。

「これがここにいる者達の『いつもの食事』だ」

食べてみると、美味しいけれど塩味がきつかった。

それを言うと、彼はまた説明してくれた。

「働く者は汗をかく。汗をかく者は塩が足りなくなるんだ。それで塩分を補給する」

「どうして汗が出ると塩が足りなくなるのですか？」

「汗を舐《な》めてみたことがあるか？」

「まさか」

「だろうな。汗を流すことすら稀《まれ》だろう。いつか舐めてみるといい、汗はしょっぱいんだ。汗を拭《ぬぐ》った布を干しておくと塩の結晶がついてるぞ」

「人が塩を吹くのですか？」

驚いた私に、彼がまた笑う。

イザーク様は、よく笑うようになったわ。

彼は、私が彼の知っていることを知らなくても、ばかにしなくなった代わりに、まるでものを知らない子供を微笑ましく思うような視線を向けてくる。

でもそれは嫌いな視線ではなかった。

「そうだ。汗というのは身体の中の塩と水が流れ出ているんだ」

「私、いつか自分の汗を舐めてみますわ」

「汗など流さないだろう?」

「湯浴みをした時に汗が出ます」

「なるほど」

「毒ではないのでしょう?」

「自分の身体から出るものだ、毒なわけがない」

ほら、また笑った。

私の質問は、彼にとって子供の疑問のようなものなのね。

結局、私は木綿のハンカチを一枚、買ってもらった。

赤い小さな花の刺繍《ししゅう》がしてある、可愛いものだった。

「木綿はゴワついて嫌だろう?」

「だって、可愛いんですもの」

「……お前がいいならいいが」

目の前でイザーク様が代金を払っているのを見て、これは初めての彼からの贈り物なのだと実感し、大切にしようと決めた。

「そろそろ戻るぞ」

背中を向けられても、私の手の中には彼からの贈り物がある。

それはとても心強い感触だった。

その日の夜、私は湯を使った後、侍女に見られぬようにそっと自分の汗を舐めてみた。

塩ほど強いものではなかったけれど、確かにしょっぱかった……。


「最近は、イザークがあなたの部屋へ通っているようね？」

二人だけの朝食の席、私は王妃様からそう話しかけられた。

「はい。夜にお話をしております」

「何を話しているの？」

「私の知らないことを教えていただいております」

「あなたの知らないこと？」

どこまで話すべきか、ちょっと悩んでから答える。

「はい。民衆のことを。働いている者が幸福になるにはどうしたらよいのか、と。民衆が幸福でなければ国は安定しないだろうとのお考えでした」

「そうね。民衆に不満が溜《た》まれば、恨みは上の者に向かうでしょうからね」

「まあ、お義母様はわかってらしたのですか？」

私が『王妃様』ではなく『お義母様』と呼ぶと、王妃様は嬉しそうに微笑む。だから私は努めて『お義母様』と呼ぶことにしていた。

「もちろんです。結婚前は慈善の催しなどにも出ていたわ」

「慈善の催し？」

「ローソルト家ではやらなかった？　バザーやお芝居」

「私、長く屋敷から出ておりましたから」

「ああ、そうね。悪い虫がつかないように、別宅で暮らしていたのだったわね。でもローソルト家でもやっていたと思うわ。そういう催しで集めたお金で、民に施しをしたり、施設に寄付したりするのよ。王妃となってからは、あまり人前に出てはいけないのでやらなくなってしまったけれど」

「どうしてですか？　王妃様がなされれば、皆も喜ばれると思いますのに」

「危険を避けるためよ。『誰かが何かするかもしれない』という危険がある時には、それを避けるのも王族の務めですから」

「ええ、そうですわね」

王族は唯一無二の存在だから、何よりも大切にされなければならない。

男性達は、危険をおかしても前へ出る時があるけれど、女性達は安全な場所に『いなければならない』のだ。

「イザーク様は、聡明な方だと思いますわ」

「あの子が聡明？」

「はい。お話をしてそう思いました。それに、テオドール様をとてもお好きだったようです」

王妃様は驚いた顔をした。

「恨んでいる、のではなくて？　あの子はテオドールがいなくなった時、酷いことを言ったのよ？」

「私も聞きました。けれど、それはテオドール様がお好きだったからこその怒りだったようです」

王妃様は信じられないというように首を振った。

「本当ですわ。テオドール様は、イザーク様を将来宰相として迎えるから勉強しておくようにおっしゃったそうです」

「……王になりたかったから学んでいたのではないの？」

「私はテオドール様の指示だと聞きました」

それでも、まだ信じられないという顔をしている。

「王妃様への恨み事も何もおっしゃっていませんでした。それどころか、何不自由ない生活をさせていただいたとおっしゃっていました」

「あの子に不自由させなかったのは、意地のようなものね」

「意地？」

「嫉妬《しっと》であの子を苛《いじ》めたりでもしたら、私が惨めになるだけですもの。私は意地でもあの子を立派に育てたいと思ったのよ。クリスティナも、エマを恨まないで。怒ってもいい、腹を立ててもいい。けれど恨んではだめ。自分が歪んでゆくだけだから。……そうね、あなたがイザークとよい夫婦になってくれたら、その方が幸せかも」

　重たい言葉。

　王妃様はどれだけ苦しんでいたのか。

　陛下をどれだけ想っているのか。

　王妃、というご自分の立場をどれほど理解しているか……。

「私の勝手な考えですが、イザーク様は王妃様のことを嫌っていないように思います」

「何を言ってるの、クリスティナ」

「あの方から、今まで一度も王妃様に対する恨み事を耳にしたことはございません。もしかしたらお義母様としてお慕いしているかも」

「ないわね」

「では、お義母様はどう思ってらっしゃるのですか？」

「私？」

「お義母様が私の幸せのために、イザーク様と私がよい夫婦になればよいと思ってくださるように、私もお義母様の幸せのために、お二人がよい母子になればよいと思っております。イザーク様が冷たい人間ならば、難しいことかもしれませんが、私はそうではないように思いますので」

差し出がましいことだったかしら？

でも本当にそう思ったのだもの。

「もしお二人が仲がよければ、陛下も離宮へ移らず、城の中でご静養ができるかもしれませんでしょう？　お義母様が離宮へ移られないで済むのでしたら、私にとっても嬉しいことですわ」

王妃様は暫く黙って私を見ていたが、ふっと表情を緩めた。

「あなたでなければ、イザーク派の言葉、と思うでしょうね」

「私は、皆さんが幸せになればよいと思っているだけです。私も、含めて。どなたかの派閥に入るようなことは……」

「ええ、あなたのお母様から、そういうことは一切教えずに育てた、と聞いているわ。あなたがイザークとの結婚にショックを受けていたことも知っていますしね」

「もしもイザーク様がお義母様を慕っていらしたら、どうなされます？」

王妃様は真剣に考えてくれたのだろう、暫く黙った後にこう言った。

「もしもあの子が私を慕ってくれるのならば、テオドールと同じようにとは言わないけれど、あなたの夫として義理の息子のように接することはできるでしょう。あなたは、実の娘のように思えるから」

「お義母様」

「優しいクリスティナ。でも、それはないことだと思うわ」

「いいえ。お義母様のように素晴らしくて、優しい女性を嫌う者がいるなんて、私には考えられませんもの。きっと上手くいきますわ」

私は確信していたのだけれど、王妃様は寂しく笑うだけだった。

「イザークは視察に出ているそうだけれど、対外的にはあなたと過ごしていることになっているのでしょう?」

「あ、はい」

一緒に出掛けているとは言えないので、思わず肯定する。

「退屈だったら、私の部屋へいらっしゃいな」

「ありがとうございます。でも、人に見られると色々と言われてしまいますから。それに、読まなければならない本がいっぱいあって、退屈を感じる暇はございませんわ」

「そう?」

「でも、お義母様とお茶をいただく時間を作っていただけるのでしたら、是非ご一緒させてください。こうして二人だけで過ごす時間は、とても楽しいですから」

王妃様はパッと顔を輝かせた。

「あなたがそう言ってくれるのなら、午後に時間を作りましょう。私の部屋に用意させるわ」

「はい」

王妃様の孤独は、私にはまだわからない。

けれど、既に私が誰にも相談できないことを沢山抱えてしまったことを考えると、王妃様はもっと重たいものを抱えてらっしゃると思えた。

だからこそ、私だけでなくイザーク様も、その重荷を分担できるようになればよいと思うのだけれど……。


テオドール様がいれば、全てが上手くいくと思っていた。

彼が消えてしまったから、全てが崩れたのだと。

でも、本当にそうだったのかしら？

テオドール様が王位を継いでいたら、イザーク様は居場所がなかった。いつかテオドール様が宰相に迎えるとしても、それまでは誰も王子とは認めなかっただろう。

宰相になることも反対されたかもしれないし、なってからも王子とは見なされなかったかもしれない。

テオドール様に頼りきりの王妃様は、ずっとイザーク様を嫌っていたかも。

テオドール様がいなくなって初めて、見えてきたものがある。

だからと言って、彼がいなくなったことがいいとは思えないけれど。

イザーク様とはその後も視察へ出掛けた。

橋の工事現場、教会、少し足を延ばして農村にも。

以前よりは話しかけてくれるようにはなったけれど、男のなりでは会話をすることはできず、その分、夜の会話は長かった。

話すことは楽しかったけれど、彼と私の間は、未だ距離があるように思えた。

というか、彼の優しさは子供に向けるようなものだと思う。

私を、妻とは見てくれないのだ。

テオドール様には捨てられ、イザーク様には子供扱い。

私は、誰の『妻』でもない。

今はそれでもいいと思いつつ、いつまでもこうなのかも、と思うと不安だった。

変わらなければ、変えなければ、という思いが自分の心の中に湧き上がる。

こんなことは初めて。

いつだって、与えられた状況を受け入れるのが最善だと思っていたのに……。

「もう少し山を拓《ひら》ければ、畑も広げられるんですがね」

「山を崩すことは許されない。あの山は狩り場として使われている。それに、その労力はどうする」

農村、と私は言ったが、そこは陛下の統治する領地だった。

王家の所領ならば裕福かと思ったのだが、つい先年まで管理人が横領をしていたとかで、人々は貧しかった。

もちろん、その管理人はイザーク様が告発して追い出したそうだ。

彼は、今の管理人と『これから』について話をしていた。

「しかし、作付けの面積を広げられないなら、豊かにはならんでしょう」

管理人の男は、イザーク様を『偉い方のお使い』と思っているので、言葉遣いがぞんざいだ。

「山の斜面に果樹を植える許可なら取れるだろう。それと、少し冒険をしてみよう」

「冒険、ですか？」

「外国から取り寄せているハーブや野菜を実験的に育ててみるんだ。少量でも、値は高くつくだろう」

「しかしここいらで根付くかどうか……」

「だから冒険、と言っただろう。多くの土地を割くことはない。手を掛けられる程度の広さだけやってみろ。苗や種は、私が掛け合って届けさせよう。同じことを続けていても、何も変化しない。もっと豊かになりたいと思うなら、自分が変わらねば」

「そんなら、少しだけやってみますか……」

「そうだ。やれやれ。王様は金持ちなんだ、実験の資金は出してくれるだろう。作物ができれば、王城という納入先が決まっている。ここならば失敗を恐れずに色々とできる」

「そりゃそうですが、王様の金を無駄遣いするなと怒られませんですかね？」

「他所《よそ》がやらないことをやれば、儲《もう》けが出る。保護されているここが先んじて前に進めれば、周囲の農村も後に続くことができる。ここは実験場だ。最初の一歩と言ってもいい」

夢を語るように未来を語るイザーク様の横顔は、既に勝者のそれだった。

自分が言っていることは必ず成功する、と思っている顔。

彼の中には、一体いくつの夢があるのだろう。

「ここの成果を他所へ回すんですか？」

「王族だけが潤っても、国は潤わない。民が潤って、初めて貴族や王族が潤うんだ。国が潤えば、災害や外敵に一々脅《おび》えることもなくなる」

彼の言葉は、いつも力強い。

その目には、人々が潤い、笑い交わす様が見えているよう。

彼は、統治者なのだわ。

ただ君臨し、威張っているだけではなく、共に立つリーダーなのだ。

イザーク様は彼等の中から『本当にそれでいいのか？』と変化を望む願いを掘り起こし、訴えを聞き、何かをしようとしている。

よい方へ行こう。

今より少しでもいい方へ、と。

見ているだけで、胸が震えた。

彼の力強さを尊敬し、惹《ひ》かれた。

その方の『妻』である私が、何もしないままでいていいの？

いつまでも『どうしよう』と悩んでばかりでいいの？

たとえ無駄だとわかっていても、一歩踏み出すべきではないの？

彼に触発され、農村からの帰り道、周囲に人がいないことを確かめてから、私は勇気を出してイザーク様に王妃様のことを話してみた。

「提案があるのですが……」

「何だ？」

「一度、王妃様と三人でお食事をしてみませんか？」

「義母上と？　何故？」

「何故って……。余人を交えず三人で話し合えば、もっと仲良くなれるかと」

「あちらにそのつもりがないのに？」

「王妃様にはそのおつもりはあります」

「お前は夢見がちな子供だな」

信じていない口ぶりに反論する。

「本当ですわ」

けれど彼は聞いてくれなかった。

「あり得ないな。テオドールの代わりに私が王位を継ぐことになって、彼女は今まで以上にご立腹だろう」

私にはわからない、深い溝が邪魔をする。

「でも、イザーク様は王妃様をお嫌いではないのでしょう？」

重ねて尋ねても、彼は返事をごまかした。

「王妃として、尊敬すべき女性なのだろうな」

彼が言うように、私は夢見がちなのかしら？

でも夢を見てはいけない？

あなただって、沢山の夢を見てるでしょう？

王妃様もイザーク様もよい方なのだから、わかり合えるはずよ。

「それより、帰りには下町を通って行く。よく見ておけ」

「……はい」

この話は終わりというように、話題が変えられてしまう。私には、まだ無理をして話を戻す勇気はなかった。

彼に、煩わしいと思われたくなかったので。

出て来る時は大きな街道を通ってきたのでよくわからなかったが、戻る時の道は裏道と言えばいいのか、城下への門へ続く道は舗装されておらず、馬車の轍《わだち》が溝を作るでこぼことした土の道だった。

その道沿いに、建物が密集しているのが下町と呼ばれる場所。

そこは、私がそれまで見た場所とは全く違っていた。

人々の顔は暗く、建物も急ごしらえのような雑なものが多い。

街を行くのには慣れてきていたが、ここは何となく怖くて、イザーク様に馬を寄せる。

貧しいところだ、とは聞いていた。

それが街全体に漂っている。

「見えるか？」

イザーク様は、荒れたその場所に一際高く伸びる大きな塔のようなものを指さした。

「教会ですか？」

「違う。病院だ」

「病院？」

「慈善院と言うべきかな。まだ建設途中だが」

「あれも、イザーク様が？」

彼の返事は一瞬遅れた。

その理由はすぐにわかった。

「そうだ。テオドールと共に考えた」

テオドール様に繋がるものは、彼にとって心の傷になっているのだ。

「次の視察はあそこだ。今日はもう遅いからここから見るだけだな」

「見るだけでしたら、まだ……」

「お前にはゆっくり見てもらいたい。それに、あそこへ行く時には、女性の姿でもいいだろう」

「そうなのですか？」

「行けばわかる。だが、変装はしてもらうぞ」

「はい」

何もかも上手くいくわけではない。

縮まらない距離がもどかしい。

王妃様とイザーク様のことも、私と彼の間も。近づけるのでは、と思っても、どこか壁を感じてしまう。

持ち出した話題が悪かったのか、テオドール様のことを思い出したからなのか。その後は会話もなく城へ戻った。

その夜、イザーク様が私の部屋を訪れてくれなかったのは、戻るのが遅かったせいだと思おう。

彼もまた疲れていたのだと思おう。

でなければ、また寂しさが私を襲うから。

前とは違う『寂しさ』を感じてしまうから……。


誰かに、この気持ちを相談したかった。

私の心の変化が、いいものなのか悪いものなのか。

王妃様の心を慰めたい、イザーク様はお一人ではないと訴えたい、二人にもっと心を通わせて欲しい。

イザーク様が立派な方だと思った今、ちゃんとあの方の妻となりたい。

人々の暮らしを見て、自分にもできることがないのかを考えたい。

公爵令嬢として生まれた時から、一度も考えたことのない考えを、誰かに話して整理してみたい。

とは思っても、その相手は王城の中のどこにもいなかった。

お父様やお母様のことを考えもしたが、二人が私にその『変化』を望んでいないことは察せられた。

二人は私に『人形であれ』と育てたのだもの。

言われたことを守り、おとなしく、美しくあればそれでいい。何かを考えたり実行しようとする必要はない、と。

だから、相談すれば『余計なことはしなくていい』と言われて終わりだろう。

悶々《もんもん》とした中で、私は再びイザーク様と街へ出た。

前回の言葉どおり、向かったのは下町だ。

今回は女性として行くということだったので、いつもの姿で城を出て、途中で粗末なドレスに着替えることになった。

最初に連れて行ってもらった宿泊所を利用するのかと思ったら、それなりにちゃんとした宿の部屋を取ってくれた。

部屋は二間続きで、その奥で着替えをする。

もうすっかり一人で着替えができるようになっていたので、彼と同じ黒髪のかつらを被り、準備を整えた。

「お前は俺の妹、ということにしろ。名前はティナだ」

「はい」

再び馬に乗り、城下を過ぎ、城壁を越えて下町へ。

城壁を越えてすぐの場所からも、あの塔は見えた。

細い通りは、まだ時間が早いせいか先日見たほどの憂鬱さは感じなかった。

粗末な造りの建物が多いのは変わらないが、壊れたりしているところはない。

通りはだんだんと広くなってゆく、角を曲がったところでいきなり大きく開けた。

大きな飾り門に板張りの壁。

門をくぐると開けた場所に建築中の建物。

多くの職人が働き、空いた場所には何故か出店も並んでいる。

ここには、この街にはなかった活気が満ちていた。

「まだ建築途中だが、立派だろう?」

キラキラした瞳で、彼は訊いた。

「はい」

お世辞《せじ》抜きで、立派だと思った。

門を入ってすぐ右手側の建物は既に完成していて、子供達がその前に集まっている。

正面の建物は、遠くから見えていたあの塔で、こちらはまだ建築中。

その左手の棟は、まだ足場があるだけだった。

「大きな病院なのですね」

「病院だけじゃない。そっちのできあがっているのは学校だ」

「学校？」

「貧しくて読み書きを習うことができない者は、まともな仕事に就くことができない。だから貧困から抜け出せない。せめて簡単な読み書きと算術だけでも教えようと思ってな」

「だから子供達が大勢いるのですね」

私達が馬を下りると、身なりのよい男が一人、近づいてきた。

「これはザック様、視察ですか？」

言葉遣いもちゃんとしている。

「ああ。今日は妹を連れてきた」

「然様《さよう》ですか」

「進み具合はどうだ？」

「まあまあですね。見張りを立てないと、建築資材が盗まれますが」

「では見張りを立てろ。ここができれば、自分達にとってどれほど益があるかわかれば、そういうことも減るだろう」

「だといいのですが」

彼は私にも軽く会釈したので、私も同じようにして返す。

会釈だけでは申し訳ないと思うのだが、ドレスの裾を摘むいつもの挨拶は、ここでは異質だと知っていたので。

「ティナ、こっちへ来い」

呼ばれて付いていくと、子供達の集まっている場所へ連れて行かれる。

子供達はイザーク様には構えるように遠巻きにしていたが、私が行くとわっと集まってきた。

「お姉ちゃん」

そのうちの一人の女の子が私のスカートにすがりついた。

「こんにちは」

小さな手が、きゅっとスカートを握る。

私はしゃがんでその子の顔を見た。

ソバカスのある顔がにこっと笑う。

「こんにちは」

私が返すと、女の子はパッと離れてみんなの方へ戻ってしまった。

「私、何か悪いことをしました？」

慌ててイザーク様を振り向くと、彼はとても優しく微笑んでいた。

「照れたんだろう。ここの子供達を、汚いとは思わないのか？」

「そうですわね。顔とか手とか、洗ってあげた方がよろしいかしら？」

「いや、そういう意味じゃなく……。突然しがみつかれて振り払うかと思った」

「そんなことしませんわ。あんな小さな子供を振り払うなんて」

「……お前は、本当に善良だな。私は暫く建物の視察に行く。お前はここにいろ。敷地内にいる限りは安全だから、外には出るな」

「行ってしまわれるのですか？」

私を置いて？

「ここの子供達は親がいない者もいるし、親から虐待されていた者もいる。そうでなくても、親が働いていて一緒にいられないことが多い。お前のような『綺麗なお姉さん』に優しくされれば喜ぶだろう」

「そのために私を？」

「俺は怖がられているからな」

ちょっと拗ねたように言うのが可愛いと思ってしまった。

でもそうなの。

私は子供の相手のために連れてこられたのね。だったら、その役目を務めなければ。

「私、子供の相手はしたことがないのですが、大丈夫でしょうか？」

「わからん。とにかくお前に任せる」

彼が先ほどの男の人と去ってしまったので、私は立ち上がり、子供達を見た。

子供は全部で十二人ね。みんな、目がキラキラとしている。

でも確かに顔が汚れているわ。

「みんな、いらっしゃい。まずはお顔と手を洗いましょう。井戸はある？」

「あっち」

子供の一人が私に手を差し出し、すぐに引っ込めた。

「まだ汚れてるから、触っちゃだめ？」

まあ、なんていじらしいのかしら。

「いいえ。私の手も汚れたら、一緒に洗えばいいだけよ」

そう言うと、その子は再び手を差し出し、私の手を握った。

「お姉さんは何をするの？」

「貴族の人？　お役人？」

「あのおっかないお兄ちゃんの恋人？」

矢継ぎ早に飛んでくる質問。

「私は何にもできないの。お役人ではないけれど、あのお兄さんの妹よ」

「お歌はうたえる？」

「いつまでいるの？」

「名前は？」

「お勉強教える人？」

一度答えると、また続けて質問が飛んでくる。

邪気のない問いは終わらない。

結局、建物の裏手にある井戸へ行くまで、私はずっと質問攻めだった。

井戸に着いてから、並ばせて一人ずつ手を洗わせる。

「手はいつも綺麗にしておきましょう。特にお食事の前には必ず洗うのよ」

顔を洗わせようと思ったけれど、見回したところタオルがないので、持っていたハンカチを濡《ぬ》らして顔を拭《ふ》いてあげた。

「すごーい。こんな綺麗なハンカチ見たことない」

「こんないいもので拭いてくれるの？」

「ねえ、それ頂戴」

「私も欲しい」

この子達のお口は閉じることがないわね。

「ごめんなさい。このハンカチは一枚しかないから、あげられないの。誰かにあげて、誰かにあげないのは不公平でしょう？　でも全員これでお顔を拭いてあげるわ」

十二人をやっと綺麗にすると、彼等は私の手を取って建物の中を案内した。

「そこ、学校なの」

「おっきい子はもっと遅くに来るのよ」

「先生ももうちょっと後」

「すごく綺麗でしょう？」

どうやらこの学校は彼等の自慢らしい。

出来立ての建物は木のいい香りがした。

外側は石造りだったけれど、床は木の床になっているからだろう。可愛らしい椅子と机が並び、彼等は椅子を私の周囲に持ってくると、囲むようにして座った。

何をしてくれるのか、期待に満ちた眼差《まなざ》し。

楽器があれば、何か弾くのだけれど、見回したところ何もない。

何をしたらいいのかしら？　勉強を教えるにしても、この子達の学力がわからない。刺繍や絵を教えることはできるけれど、その道具がない。

私には、この子達を喜ばせるようなことは何も思いつかなかった。

その時、さっき誰かが『お歌はうたえる?』と言っていたことを思い出した。

「それじゃ、お歌をうたうわ」

子供達から歓声が上がる。

「ヘタでも許してね。私、それぐらいしかできないの」

「早く、早く」

「それじゃ、うたいます」

私は立ち上がり、知っている中で一番明るい歌をうたった。

伴奏なしでうたうのは初めてだったけれど、何とか一曲うたい終える。

「もっと」

「知ってる歌がいい」

「鍛治屋の歌、うたって」

「ごめんなさい、その歌は知らないの。教えてくれる?」

「いいよ」

みんな、粗末な身なりだった。

痩《や》せていて、あちこちにぶつけたような痕《あと》もあった。

本の中でなら、私は知っていた。貧しい人々がいる、ということを。その人達は絹の服など見たことはなく、お菓子も食べたことがなく、毎日の食べ物を得ることで精一杯なのだと。

遠い出来事だと思っていたことが、今目の前にあるのだ。

私は、彼に連れられて初めて知った。

今でさえ、時折見るだけ。

でもイザーク様はこの姿をずっと見ていた。そして行動を起こそうとしている。

何度も、何度も、彼が素晴らしい人なのだと思い知らされる。と同時に自分がいかに無知であったかも。

せめて、今子供達を楽しませるだけでも一生懸命やりたい。

「あ、おっかないお兄ちゃんが見てる」

子供の声に目をやると、教室の入り口にイザーク様が立っていた。

「そろそろ先生が来るぞ。お姉ちゃんはおしまいだ」

不満の声を上げる子供達を割って、彼が私の手を取る。

「来い」

「あ、はい」

私達が出て行くのと入れ違いに、若い男性が教室に入ってくる。あの人がきっと先生なのだろう。

「歌をうたうんだな」

「え？」

「歌を聞いていた。いい声だった」

子供達に聞かせるための簡単な歌を褒められて、恥ずかしさに頬《ほお》が熱くなる。

「お聞かせするようなものではありませんわ」

「謙遜《けんそん》することはない。今度部屋で聞かせてくれ」

「そんなことしません」

「何故？」

「拙い歌ですもの。お聞きになりたいのでしたら、今度ちゃんとした伴奏をつけて……」

「そんな歌に興味はない」

彼は私を壁際に押さえ付けた。

覗《のぞ》き込《こ》むように近づく顔に、ドキドキしてしまう。

「な……、何でしょうか？」

「お前は、不思議な女だ。最初は人形のようで、いかにも貴族の娘といった感じだったが、外へ連れ出す度に変わってゆく。人の話に耳を傾け、国をよくすることにも前向きで、義母との仲を取りもとうとしている。その上、下町の子供達と楽しそうに歌をうたう。お前のような女は初めてだ」

「イザーク様がどのような女性とお付き合いなさっているかは知りませんが、私は普通の娘ですわ」

お付き合い、という言葉を口にした途端、何故か胸が痛んだ。

「そんなものはいない。だが、私を取り込もうとして近づいてくる女はいたな。どれもうんざりする女ばかりだった」

顔が、さらに近づく。

「本当に、お前は希有《けう》だ」

「……褒めてます？」

「褒めてるさ」

目の前で、彼が笑った。

そしてそのまま、彼は私の唇を奪った。

結婚式の誓いのキスの時のように。

熱い唇が私に押し付けられる。

あの時は、一瞬だった。

でも今度は……。

舌が。私の口の中に入り込む。

口を開かされ、中を貪《むさぼ》られる。

頭の奥が痺れる。

胸が苦しい。

息ができないからではない。イザーク様に口づけられているという、その行為のせいで、頭が痺れ、足から力が抜ける。

手を壁についたまま、彼は暫く私に口づけていた。

だから、唯一私を縫い止めていた唇が離れると、力の抜けた足は私を支えきれず、へなへなとその場に座り込んでしまった。

いいえ、座り込みそうになって初めて彼の手が私を支えるように伸びたので、彼の腕の中に倒れるように抱かれた。

「しっかり立て」

けれど腕は私を壁にもたれるように立たせると、すぐに離れてしまった。

「どうしてこんな……」

こんなところでキスするなんて。

ここでは妹のはずなのに。

恨みがましく彼を睨《にら》むと、イザーク様は肩を竦めた。

「名ばかりでもお前は私の妻だ。キスぐらい、いいだろう」

「でも……、人に見られたら……」

「わかった、わかった。文句を言うな」

文句ではないわ。

ただお式以来初めてのキスなのだから、もっとちゃんとしたところでして欲しいと思っただけなのに。

「私はもう少し見て回る。お前はこの建物から出ずにじっとしていろ」

「イザーク様」

「ザック、だ。忘れるな」

「……すみません。でも……」

「昼食は遅くなる。我慢できるな?」

「できます。でも……」

「では待っていろ」

私は話しかけているのに、彼は背を向けて立ち去ってしまった。

まだしっかり立てもしない私を置いて。

名ばかりの妻?

名前だけではなく、私はちゃんとお式を挙げたあなたの唯一の妻ではないの?

キスしたのはどうしてなのか、教えてくれないの?

私は今のキスだけでも涙が出そうなのに。あなたは平気で去って行けるの?

彼が触れた唇が熱い。

彼が素晴らしい人だと認めただけではなかった。彼の妻でいたい、妻として相応しくありたいと願ったのは、イザーク様に心惹かれていたから。

彼のことが……、好きなのだわ。

キスされたことを喜び、去られたことが悲しい。『名ばかりの妻』と呼ばれたことが辛いと感じるのは、彼に側《そば》にいて欲しい、彼に『妻』と思われたいという気持ちの表れ。

私は……、彼に愛されたいのだ。

けれどどうやって？

どうやったら、愛されるの？

人に愛される方法なんて、習ってこなかった。

今までは、皆の言うことを守っていれば、愛されていた。望むことを叶《かな》えれば褒められた。でも彼は言いなりになる者を嫌悪している。彼の望みは私にはわからない。

結婚をしたのに、こんなに側にいるのに、彼の愛情を手に入れる方法がわからない。

私の『今まで』が何も通用しない。

「愛していないのに……、キスができるのかしら？」

きっとできるのね。

だって結婚式で初めて会った時にも、彼は戸惑うことなく私にキスしたもの。必要と思えば、するだろう。からかうためにもするのかも。

胸が苦しくて、喉が渇いて、私はゆっくりとその場を離れた。

建物から出るなとは言われたけれど、さっき子供達といた井戸くらいならば行ってもいいだろう。

ここでは、待っていてもお茶を運んでくれる人などいないのだもの。

みんなイザーク様に付いていっているか、仕事をしているのだろう。建物の裏手にある井戸には、人影がなかった。

けれど私が近づいて行くと、木の陰から男の人が姿を見せた。

職人には見えない、背の高い甘茶色の短い髪の男の人。子供達を教える教師の一人かしら？　わからないけれど、敷地内にいる人ならば危険ではないわよね？

「すみません、私にもお水をいただけますか？」

井戸のつるべを引くその人に声をかけると、男の人は一瞬ギクリとしたようだが、振り向いて微笑んだ。

「いいですよ。ちょっと待ってください」

緑色の瞳が、優しく微笑む。

心臓が止まるかと思った。

あり得ないことだわ。でも、私はその微笑みを知っている。私の夫となる人だったのだもの。

「テオドール様……？」

その名を呼ぶと、男の人の顔が険しくなり、私に駆け寄って口を塞《ふさ》ぐと慌てた様子で辺りを見回した。

あの優しい人がこんなことをするなんて、これもあり得ないことだけれど、確かにこの人はテオドール様だわ。

「誰と間違えてるのかわからないが、その名を呼ぶのはやめてくれ」

だって、声が彼のものだもの。

そのお顔だって、本人とは数えるほどしか会っていなくても、ずっと肖像画で見続けていた人だもの。間違えるわけがない。

「手を離すけれど、大きな声を上げてはいけないよ。約束するかい？」

私が静かに頷くと、彼はそっと手を離した。

「テオドール様」

「違うと言っただろう。その名前は口にしないでくれ」

話し方は私の知っているものとは違うけれど、やっぱり声は変わらない。

「いいえ、間違えたりはしません。私は……、私ですわ。クリスティナです。もうお忘れになりました……？」

「……え？」

緑の目が大きく見開き、私をじっと見つめた。

「クリスティナ……？　本当に？　その姿は？　何故君がこんなところに……？」

わかってくれた。忘れられていなかった。

「イザーク様に連れられてきたのです。あなたはどうして……」

何かを喋ろうとしたが、言葉より先に涙が零れた。悲しいとか、悔しいとかではなく、ただ色んな感情が一気に溢れて、止まらなかった。

「泣かないで、クリスティナ」

「どうして……」

私はテオドール様にしがみついて、涙を零し続けた。

「どうして……」

と繰り返しながら。


テオドール様は、私を建物のさらに裏手の方へ連れて行った。

外壁との間の、細い隙間《すきま》のような場所へ。

着ていた上着を脱いで地面に敷き、そこに座るように促すと自分もその隣へ腰を下ろした。とても彼らしい行動だわ。

「怒っているだろうね」

静かに言われ、私は首を横に振った。

「君には、酷いことをしたと思う。けれど、他に道がなかった」

ハンカチは、子供達の顔を拭いてやった時に濡れてしまったままだったが、それしかないので濡れたまま涙を拭う。

「どうして……」

また同じ言葉を繰り返す私に、彼は濡れていないハンカチを差し出した。木綿の、何の飾りもない白いハンカチを。

「正直に言おう。君には聞く権利がある。私はね、イザークに王位を譲りたかったんだ」

「イザーク様に……？」

「君は、こんなところまでイザークと共に来たということは、彼の話を色々と聞いたんだろう？　この国をどうしたいか、人々のために何を成すべきか」

「はい」

「私も聞いた。最初は、この素晴らしい考えを持つ弟を宰相にして、自分がその夢を叶えてやりたいと思った。だが、途中から、自分よりもイザークの方が王として優秀だと気づいてしまった時から、この国のためには彼が王になるべきだと考えたんだ」

「でもそれなら、そのように皆さんにおっしゃれば……」

テオドール様は微笑んで首を横に振った。

「彼の出生があるから、誰もそれを認めることはしないだろう。母上は絶対に反対だろうし、母上に負い目のある父上もそれに倣う。国王夫妻が認めないことを他者が認めるわけがない」

それは……、そうかもしれない。

事情を知った今なら、よくわかる。

「どうやってイザークに王位を譲るか、そればかりを考えている時、エマが……、私の恋人が身ごもった」

その名前は一度だけ王妃様から聞いた。

「……侍女の方だそうですね」

「うん。城の中で、王子としての重圧を、彼女だけが癒《い》やしてくれた。私の考えを聞き、誰にも漏らすことなく寄り添ってくれた。そんな彼女を、私は愛してしまったんだ」

胸が、チクリと痛む。

けれど、それはほんの微かな痛みでしかなかった。

「エマは、子供のことを黙っていて、身を引くつもりだった。だが突然侍女を辞めるというので問いただしたら、正直に言ってくれた。私は君との結婚を控えているから、もう側にはいられない。子供は一人で産んで、二度と城には近づかないとも」

「そんな、女性が一人で子供を産んで育てるなんて無理ですわ」

「私もそう思った。だから愛人として彼女をどこかで囲うことも頭を過った。その方が、王子として充分な庇護《ひご》を与えてやれると。だが、イザークのことを思い出した」

「イザーク様？」

「王の愛妾の息子として、彼がどれほど辛い日々を送ってきたか、を。私は自分の愛する者とその子供に、同じことを繰り返したくなかった。君と結婚してしまえば、君にも母上と同じ苦しみを与えることになる。夫の心は自分にない、と嘆く日々だ」

王妃様のお苦しみ。

気持ちを吐露した時の顔が思い浮かぶ。

「だから、君とは結婚できないと思った。君は、私を愛していたわけではないだろう？　君が私に抱いていたのは、憧れでしかない」

きっぱりと言われてしまうと否定ができない。

「……ええ、そうですわね。絵物語の王子様に憧れるような気持ちでした。テオドール様との結婚は、私にとってお父様の命令であり、子供の夢物語でした」

正直に認めるしかないだろう。

「勝手な考えだが、私と結婚できなくても、君はそう落胆はしないだろうと考えた。王子妃になれれば、君のご両親の目的は達成される。私がいなくなれば、王子はイザーク一人、彼に王位を継がせるしかなくなる。イザークは立派な青年だ、たとえ時間がかかっても、君にはよい夫となってくれるだろうと思った」

「……そのお考えの中に、『私の気持ち』はなかったのですね」

私が言うと、彼は視線を落とした。

「君は……、周囲の言葉に従うだろうと思った」

「人形のように？」

返事はなかったが、無言は肯定だろう。

残酷な言葉だけれど、真実だわ。

テオドール様が知っている私は、事実人形だった。周囲の人々の言葉を受け入れ、それに応えることだけが正しいと思っていた。

「君には、私を責める権利がある。どんなに詰《なじ》られてもかまわない。私はそれだけのことをしたのだから。だがどうか、私をこのまま見逃して欲しい」

私が生まれながらの公爵令嬢として育ったように、彼は生まれてからずっと王子だった。王城の奥深く、皆に大切にされ、何不自由のない暮らしをしていた。

いつでも誰かが彼のために働き、全てが用意され、自ら働くなどということは考えたこともなかっただろう。

細く長い指を持った美しい手が、骨張った荒れた手になっていた。

長く美しかった髪は、肩よりも短くされ、肌も少し日に焼けている。着ているものも、ごわごわとした飾りのないもの。

結婚式の前日に城を出てから今日まで、彼がどのような生活を送っていたかはわからないけれど、決して楽な生活ではなかっただろう。

なのにテオドール様は、このままにしておいて欲しいと私に頼むのだ。

「……責めたりはしませんわ。テオドール様がお幸せならば」

「クリスティナ」

「でも、代わりにお願いがあります」

「願い？」

「私に、私の知りたいことを教えてください」

「知りたいこと？　どんなことだ？」

「イザーク様がどのような生活を送っていらしたのか、王妃様がどのようにお苦しみになっていたのか。お城の中で、誰がイザーク様を快く思っていらっしゃらないのか。私がお城の中で何ができるのか」

「クリスティナ……。君は……」

「私、イザーク様の奥様になりたいのです。あの方の力になりたい。お城の中の憂いを少しでも減らせるものなら、そのために努力したいのです」

「彼を……、愛した？」

今度は私が視線を落とす番だった。

「突然結婚させられた相手を好きになるなんて、おかしいですわよね？　きっと誰も信じてくれませんわ」

多分、イザーク様も。

「でも、あの方の素晴らしさを知る度に心惹かれて、私も何かしたいと思うようになったのです。自分から何かをしたいと思ったのは、生まれて初めてでした。誰かに愛されたいと願うのも。……その方法はわかりませんが」

「君も、イザークの力強さに惹かれたんだね。私は王としての彼に惹かれたが、君は男性として惹かれた」

「……報われなくても、側にいたいというのは恋なのでしょうか？」

「恋と言っていいと思うよ。今のクリスティナの顔は、私が一度も見たことのない顔だ。女性らしく、とても美しい」

「からかわないでください」

「からかってなどいないさ。今日はイザークが視察に来ると聞いていたので、彼を見に来たのだが、来てよかった。思いがけず君に会えた。君の幸せは私のただ一つの気掛かりだったんだ。ここは、私とイザークの夢だったんだ」

「イザーク様は、あなたに裏切られたと思っていますわ。置いていかれた、と。王妃様だって。せめて王妃様だけには手紙を書いてあげてください。あの方は、王城でとても孤独なのです。私が渡しますわ」

「母上か……。そうだな、母上を愛している。そのことだけは伝えよう。そして、イザークを愛している君に、彼の辛さを教えよう。今のクリスティナになら、人々の汚い面も聞かせられそうだ。だが今はだめだ、時間がない。君の姿が見えなければ、イザークも捜しにくるだろう」

「では明日。私、イザーク様にお願いしてまた連れてきていただきますわ」

「わかった。ではまたここで」

「はい」

私が立ち上がると、彼は上着を取って羽織った。

「言うまでもないが、イザークには秘密だよ」

唇に指をあて、ナイショという所作をする。

「はい。でも……、いつかあの方にも、本当のお気持ちを伝えてくださいね」

テオドール様は頷き、そのまま走り去った。

彼も私も、イザーク様に惹かれ、気持ちを変えられた。あの人には、それだけの魅力があるのだわ。

テオドール様の後ろ姿を見送って井戸の方へ戻ると、丁度イザーク様がこちらへ向かってくるところだった。

「建物の中にいろと言っただろう」

怒っている声。

「……すみません」

イザーク様は私の顎を取ると、顔を上向かせた。

「泣いたのか？」

「いえ、あの……」

答えあぐねていると、手が離れ、彼は背を向けた。

「腹が減っただろう。宿へ戻るぞ」

「はい」

勝手をして、怒らせてしまった。

子供達に歌を聞かせた時には上機嫌だと思っていたのに。

「もう今日のお仕事は終わりですか？」

「戻りが遅くなると困るだろう。ここにお前が食べられるような食事を出す店はないしな。宿へ戻る」

「はい」

後は黙ったまま馬を受け取り、着替えをしたあの宿まで黙ったままだった。

宿に着いても、馬を預けて部屋へ入ると、私を置いて食事を買いに行ってしまった。

相当怒っているのだわ。

彼に好かれたい、愛されたいと自覚した途端にこの失態なんて。

落ち込んでいると、戻ってきたイザーク様はテーブルに料理を置き、憮然《ぶぜん》とした表情で私の隣へ座った。

「すまなかったな」

イザーク様が私に謝る理由が思い浮かばず、戸惑ってしまう。

「泣くほど嫌がるとは思わなかったんだ」

言いながらそっぽを向く。

「あの……、何のことを……？」

思い当たることがないので、せめて理由を尋ねると、彼は視線を戻した。

顔はまだ憮然とした、というより拗ねたような顔だ。

「私にキスされて泣いていたんじゃないのか？」

「え……？　いいえ」

「違うのか？　では何故泣いていた」

「ウサギのように赤い目をしていた。嘘をつくな」

「泣いてなど……」

どうしよう……。

テオドール様に会ったことは言えない。かといって、キスが嫌だったとも言えない。理由を言わないことも許されそうにない。

考えて、私は嘘ではない嘘を口にした。

「おこがましいことですが、子供達が可哀想で……。あの子達に自分ができることが何もないのが悔しくて」

そのせいで泣いたわけではないが、そのことを考えてはいた。だから嘘ではない嘘。

「私、明日もあそこへ行きたいです。どうか連れて行ってください」

「明日も？」

「はい。あの子達にまた歌をうたってあげたいのです」

テオドール様に会うため、とは言えないけれど、これもまた嘘ではない嘘。

「あの子達に、お菓子をあげたいですわ。それとハンカチ。私からではなく、篤志家の貴族がくれたと言えば不自然ではないでしょう？」

「私には歌わないのに、子供には歌うのか」

「だって、イザーク様にお聞かせするには簡単すぎて……」

「私は飾らないお前の歌が聞きたかったんだ」

「それがお望みでしたら、そうしますわ。ですから、明日も連れて行ってください」

「取引のようだな。そういうのは好きではない。お前が私のために歌いたいと思ってくれるのでなければ」

「もちろん、イザーク様のために歌うのは私の望みでもありますわ。でもだからこそ、ちゃんとした伴奏のある歌をお聞かせしたいと思うんです」

「私の望みは、私のためだけに歌うことだ」

表情だけでなく、言葉まで拗ねた子供のよう。

「では、戻りましたら、イザーク様のためだけに歌います。伴奏のない歌を聞かせるのは恥ずかしいですが、イザーク様の望みを叶えたいから」

私が約束すると、彼は満足そうに頷いた。

「それならいいだろう。では明日も連れて行ってやる」

それがまた子供っぽくて、思わず微笑ってしまった。

「笑ったな」

「すみません。でもワガママを言う子供みたいでしたから」

すぐに謝罪したけれど、微笑うのはやめられない。

イザーク様は、そんな私を見て呆《あき》れたような顔をし、少し乱暴に頭を撫でた。

「笑うようになったな」

と言われた途端、笑みが固まってしまう。彼の目が優しくて、頭に置かれた手が温かくて、重たくて。

「触られるのも嫌か」

「そんなことはありません」

変わりたいし、愛されたい。何もしないままでは前には進まないし、彼もそれを望まない。だから小さなことから勇気を出していかなくては。

「触られるのも、キ……キスも、嫌ではありません。私達は『名ばかり』ではなく、ちゃんとお式を挙げた夫婦なのですから。ただ、私は殿方に触れられるのも、キスされるのも初めてなので、恥ずかしいのだということは覚えておいてください」

声が震えてしまったけれど、言いたいことが言えた。

まだ、愛しているとか好きとかという言葉を使うことはできないけれど、これで私の気持ちは伝わったはずよ。

「人に見られているわけでもないのに恥ずかしい？」

「イザーク様が見てますわ」

……伝わらなかったかしら？

「私とキスするのに、私が見てるから恥ずかしいということは、私に目でも瞑《つぶ》っていろと言うのか？」

「目を瞑っていても恥ずかしいものは恥ずかしいです」

「では今キスしても恥ずかしいと思うのか？」

言われて顔が赤くなる。

「恥ずかしいみたいだな」

手が、頬に触れる。

顔がゆっくり近づくので、さらに顔が熱くなる。

「嫌ではないという言葉を信じるぞ」

唇が重なる。

さっきとは違い、軽く触れる感触。

それもまた恥ずかしくて、身体が硬くなる。

おとなしく受け入れていると、キスはだんだん強くなり、深くなる。

求められるように唇が開かされ、舌が入り込む。

キスとは、舌を絡ませることなのね。唇が触れ合うだけのものだと思っていたのに。それとも、彼がこういうキスをしたいだけなのかしら？

キスが続くと、私も彼に応えたくなるから、これはきっとこういうものなのかも。

戸惑いながら、彼の舌に応えると、動きはさらに強くなり、強く抱き締められる。

「……ン」

嬉しい。

こんなふうに抱き締められたのは初めてかも。

勇気を出して、嫌ではないと言ってよかった。

長いキスの間に、頭の芯《しん》が痺れてくる。

何も考えられなくなり、キスしてることだけに酔いしれる。

彼の手が、私の腰から肩に移動した。

唇も、私の唇から首へと移動し、くすぐったいような、ゾクゾクするような不思議な感覚が走る。

肩にあった手が胸元へ動いた。

服の間から、そっと私の胸に触れる。

ズキッとするほど胸が痛んだ。快感に繋がる痛みが。

けれど私はそれを感じた途端、彼を押し戻した。

「嫌か？」

咎《とが》めるように言われても、これだけは譲れない。

「嫌です」

きっぱり拒否すると、彼は鼻に皺《しわ》を寄せた。

「相手が私だから？」

「何をするかはわかっています。それならば私達にとって初めてのこと。それをこんな宿屋でなんて……」

イザーク様が行く場所にはどこへでも付いていく。けれど初めての夜は、お城で、私達の寝室でして欲しい。

これは大切な儀式なのだから。

私の言わんとすることを、今度は瞬時に理解してくれた。

「確かに、初夜を出先でというのは失礼だったな。しかし、時と場所を選べば、私を拒まない？」

「もちろんです」

私は待ち望んでいたのですもの。

「では今日はこれで我慢しておこう。お前の『初めて』のために準備をしてから手を出すことにする」

イザーク様が私に触れてくれる。その約束をしてくれた。

ああ、何という喜び。

彼がまだ私を『愛して』いなくても、私を妻として迎えてくれるのだ。少なくとも、私に好意を抱いてくれたからだと思っていいわよね？

時間をかければ、私達は本当に夫婦となれるかもしれない。

「その時に、お前に私の大切な秘密を一つ教えてやろう」

「秘密？」

「お前が真実私の妻になった時に、な」

その顔は、どこか照れたような表情だった。

ただその時の私は、彼の『秘密』よりも、彼が口にしてくれた『真実の妻』という言葉に心を奪われていた。

そうなれる日が来るのだと口にしてくれたことに。


その日は、とても忙しくなった。

食事を終えて城に戻る途中、イザーク様に無理を言って市へ行き、子供達にあげるハンカチを買った。

あの街で暮らす子供達が持っていておかしくないものがいいだろうと、彼も一緒に選んでくれた。

それからお菓子。

私は城で作ったものでいいと思ったのだが、それも特別すぎてだめだと言われた。もう二度と食べられないようなものよりも、いつか自分達が頑張ってもう一度口にできるかもしれない程度のものがいい、と。

なので、今度は菓子の店へ行き、素朴な焼き菓子を買った。

見たこともない菓子に心惹かれていると、イザーク様に『お前の分も必要だな』と笑われてしまった。

木の実が載った、一口では食べられないような大きい焼き菓子を買ってもらって、城に戻ると、イザーク様は今日のことを報告に陛下のもとへ。

私は着替えてから、こっそりと荷造りした。

テオドール様の奥様が妊娠していると聞いたから。

彼女の存在が悲しみだったこともあった。けれど彼女自身に恨みも憎しみもない。

テオドール様の話によると、奥様であるエマさんは、テオドール様と私の結婚のために身を引こうとしていた。

決して王子であるテオドール様を誘惑したのではなく、本当にテオドール様を愛していた証拠。

愛を持って結ばれたのに、その子供が生まれることを祝福されないのは悲しいこと。

せめて私だけでも、彼女と、彼女の赤ちゃんの誕生をお祝いしてあげたい。

何度か街へ出て、街で暮らしている者達の様子は知った。今日の買い物でも、周囲をよく見てきた。

宝石やドレスや、高級な品物は必要ない。

ではどういうものを贈ったらいいの？　それを考えるのに忙しかった。

まず、持っていく時にイザーク様が見たがらないようなもの。街で働く者が持っていておかしいものはだめ。食べ物も、よくないでしょう。

お金はいくらあってもいいかもしれないけれど、王子妃が現金を入手などできない。

ああ、もし自分の家から侍女を連れてきていれば、侍女に『どんなものが欲しい？』と尋ねることができたのに。

手鏡はどうかしら？　リボンやハンカチは？

食器……、なんか必要ないわよね。

部屋中引《ひ》っ掻《か》き回して、何かよい物をと探し続けた。

夕食は晩餐《ばんさん》会で、着飾って出席せねばならず、時間は余計なくなってしまった。

イザーク様も出席なさっていたけれど、私達の会話は少なかった。

私は主に王妃様とお話ししていたし、イザーク様は殿方と難しい話をしていた。

晩餐会が終わると、部屋に戻って湯を使い、夜着に着替える。

その時、ふと思い立ってお茶が飲みたいからお菓子を持ってくるように頼んだ。

届けられたお菓子にはもちろん手を付けず、残しておいてコットンを入れていた小さな箱に詰め直した。

ほんの少しなら、特別なものも喜びになるだろう。

その時ふと、二度と手に入らないものを与えてはいけない、というイザーク様の言葉を思い出した。

あの時、私はすぐに同意できなかった。二度と手に入らないかもしれないものを与えたら、それを欲してもっと頑張るのではないかしら。高みがあることを教えれば、もっと登ろうと考えるのではないかしら、と。

イザーク様は面白い考えだと認めてくれたけれど、すぐにこう返した。

今はまだ、登る道がないからだめだ、と。

どんなに高い場所でも、そこに続く道があると思えば頑張れる。いつかはたどり着く、と思って。けれど断崖絶壁の上に咲いている花には、最初から手が届かないと諦める者の方が多いだろう。

どうにかして登ろうと考える者もいるかもしれないが、殆どは諦め、そのうちに登れないことに腹を立て、花に石を投げるかもしれない。

上がある、と教えるのは、まず上に登る道を作ってからだ、と。

深い考えだった。

やはり、彼は素晴らしいと思った。

きっと、ああいう話をしていて、テオドール様も自分よりも彼を王にしたいと思ったのだろう。

たとえ自分が苦しい生活をすることになっても。その方が民のためだと。

そのテオドール様もまた、国のことを考えていた王子だった。

結局、私が選んだのはそのお菓子と、やはり祝福してあげたい。

テオドール様が愛した女性ですもの、やわらかなショールだった。

ショール一枚ならば荷物にはならないし、外に付けて行けなくても、生まれてきた赤ちゃんをくるむ布に使えるだろう。

もしもっと頻繁に会えたなら、必要なものを訊いて、細々としたものも贈れるかもしれない。

私がイザーク様と仲睦まじくなれば、私が不用意なことを言わぬように断られていた実家からの侍女も、付けてもらえるかもしれない。

そうしたら、侍女に街での買い物も頼めるかも。

先は長い。

できることはいっぱいあるに違いない。

そう考えた後、私はふっと笑ってしまった。

私も随分と変わったわ。

何かをしたいと思ったり、人に秘密を持ったり、未来のことを想像したり。これもみんなイザーク様の影響ね。

荷造りを終えようとした時、寝室からノックの音がし、応える前にドアが開いた。

「イザーク様」

彼以外が入ってくるはずのない扉が開くと、嬉しいものだ。

「今日はもう遅いので、いらっしゃらないかと思いましたわ」

「父上と話し込んでいてな。だが休む前にもう一度お前の顔が見たくなった」

まあ、何て嬉しいことを。

「こんな顔でよろしければ」

微笑むと、何故かイザーク様はじっと私の顔を見つめた。

本当に顔を見るために来たのかしら？

「お前が、全てを忘れてくれれば……」

「忘れる？」

何かを言おうとしていたはずなのに、彼はそこで言葉を切った。

「……いや、何でもない。お前が望むなら、今度義母上とお茶の時間でも作ろう」

「まあ、本当に？　是非」

「話しても何も変わらないと思うがな」

「そんなことありませんわ。イザーク様が王妃様を嫌っていないとわかれば、王妃様もご安心なさいますわ。王妃様は、イザーク様のお母様にも、よくしてあげたいと思っていたのです。でもご自分から出て行かれてしまったから、何もしてやれなかったとおっしゃってました」

「母に？」

「ええ。嫌われてると思うから、態度もよそよそしくなってしまうんです。本当の親子のようにはなれないかもしれませんが、友人のようにはなれるかもしれませんわ」

「友人か……」

苦笑はしたけれど、否定はしなかった。

「イザーク様も、王妃様もとてもよい方ですもの。ええ、きっと仲良くなれますわ。みんなが幸せになる方がよろしいでしょう？　陛下だって、きっとそれをお望みです。テオドール様だって……」

「テオドールはもういない」

私の言葉を遮るように、彼はきっぱりと言い切った。

その声の強さが、彼の悲しみを表している。ずっと一緒に夢を語ってきたはずなのに、もう名前も聞きたくないと思っている。

「今日はもう休め。明日は望みどおりまた視察だ」

「……はい」

彼が自分の部屋へ去った後、私は小さくため息をついた。

どうして上手くいかないのかしら。

みんなとてもいい人達なのに、互いに憎み合っているわけでもないのに。何かきっかけがあれば、きっと上手くいくはずよ。ただそのきっかけが私には見つけられない。

このことも、明日テオドール様に相談してみようかしら?

イザーク様と陛下と王妃様とテオドール様、それにテオドール様の奥様。

もう近くで暮らすことはできないのかもしれないけれど、心を通わせることはできるかもしれない。

「早くそうなればいいのに……」

甘い考えかもしれないけれど、あり得ないことではない、と思いたかった。

みんなが笑い合って過ごせる日が来ることは……。


翌朝、いつものように朝食を摂った後、昨日と同じように男装して城を出て、街の宿で着替えてから病院へ向かった。

子供達は私の来訪を喜んでくれ、ハンカチとお菓子のお土産にはもっと喜びを見せてくれた。

「そっちの大きな鞄《かばん》は何だ？」

お土産を配った後も開けない鞄に気づいて、彼が問いかける。

その中身は、エマさんへの贈り物だが、他にも入っているものがあった。

「絵本ですわ。後で先生に頼んで読み聞かせをしていただこうと思って。本は貴重で簡単には買えませんから、寄贈してゆくつもりです」

「本か」

「もし子供達が気に入ったら、父に頼んで実家から古い本を届けてもらおうかと思っています」

「悪くない考えだな」

教室に入ると、また歌をうたって欲しいとせがまれた。

まだイザーク様のために歌っていないのに、子供達に歌っては気分を害するかしらと彼を見ると、視線の意味に気づいたのだろう。彼は頷いてくれた。

「私のためでなくとも許す」

自分は教室の隅の壁に腕を組んでよりかかる。

彼が見ていると思うと緊張するが、ワクワクとした表情を浮かべる子供達の顔を見ていると、その緊張もすぐ解けた。

昨日教えてもらった鍛冶屋の歌を最初に歌い、子供達にまた新しい歌を教えてもらう。私も子供の頃にうたった歌をうたった。

途中で視線をイザーク様に向けると、とても優しい目でこちらを見ていた。口元に笑みを浮かべた、ドキリとするほど素敵な表情だった。

子供が好きなのかしら？　そんな目で見られている子供達が羨ましくなるくらい。

「ザック様、ちょっと」

そこに突然年配の男の人が、彼の名を呼びながら入ってきた。

「何だ」

途端に、あの素敵な表情が消えてしまう。

「土台んとこに大きな石が出てきたんですが、どうしましょう。それから、図面と材木の寸法が合わなくて……」

「わかった、すぐ行く。ティナ」

「はい」

「私は仕事だ。お前は子供達と一緒にいろ」

「はい」

彼がいなくなってしまうのは少し残念だけれど、丁度よかった。そろそろテオドール様との待ち合わせの場所に行きたかったのだ。

「誰か、先生を呼んできてくれる？」

「もうお歌うたってくれないの？」

「ええ。その代わり、先生にご本を読んでいただくわ。絵本を持ってきたのよ」

私は傍らに置いていた鞄の中から本と贈り物を取り出した。

「ほら、素敵な絵がいっぱい載っているでしょう？　物語もとても面白いのよ」

「ホントだ」

「綺麗」

「俺、先生呼んでくる」

一人の男の子が教室を飛び出して行き、すぐに先生を呼んできてくれた。

「いらっしゃい、ティナさん。私に用事だそうで」

年配の、穏やかな男性が子供に手を引かれて入ってきたので、私は手にしていた本を渡した。

「この本を学校に寄贈しますわ。是非子供達に読んであげてください」

「こんな立派な本を？」

「私はもう読みませんし、子供が言葉を覚えるのにはよろしいでしょう？」

「いやそれは。ありがとうございます」

「私はちょっと周囲を見てきますわ」

「どうぞごゆっくり。上手くやってると、お兄様に伝えてください」

私が座っていた席に先生が座ると、子供達の興味は私から先生に移った。

「先生、どんなお話？」

「早く読んで」

騒ぐ子供達を落ち着かせ、先生が本を開くのを見てから、私は静かに教室を出た。

時間は約束していなかったけれど、もう来ているかしら？

建物を出て裏手に回り、井戸の横を通ってさらに裏へ回る。

昨日会った場所に、テオドール様はいらした。

何もなかった狭い場所には、簡素な木の椅子が置かれている。それが私のためのものだというのはすぐにわかった。

変わらず優しい方。

「テオドール様」

声を潜めて名を呼ぶと、彼は振り向いて微笑んだ。

「遅くなってしまって」

「いいや、私も今来たところだよ。座りなさい」

「わざわざ椅子までご用意いただき、ありがとうございます」

「地面に座るのには慣れていないだろう」

私はその椅子に腰を下ろし、持ってきた布袋をテオドール様に差し出した。

「これを……」

「何?」

「奥様にプレゼントです。元気な赤ちゃんがお生まれになるよう、お祈りしているとお伝えください」

「エマに?」

「はい。私からでは喜ばないかもしれませんが、誰かに祝ってもらえれば心強いのでは、と思ったので。お菓子が入っているんです。赤ちゃんがいるのなら、栄養をつけなくてはいけないのでしょう?　それとショールを」

彼は渡した布袋をぎゅっと抱き締めた。

「ありがとう。本当に喜ぶよ。彼女は君にすまないことをしたと、ずっと気に病んでいたから」

「もう過ぎたことですわ。もしお家がお近くなら、直接お会いして気になさらないでと言いたいくらいです」

「クリスティナは相変わらず無垢で純真だな」

その言葉に私は首を振った。

「いいえ。私は幼かっただけです。無知で、考えることに怠惰でした。テオドール様との婚約も、親が決めたこととして受け入れていただけです。でも今は、自分で色々考えます。テオドール様がどういう想いで城を出られたのかとか、奥様がどんな気持ちで身を引こうとお考えになったかとか。……私が誰に愛されたいかとかも」

「それは私ではなかった？」

彼の言葉に頷きで返す。

「親の言いなりに結婚を決め、テオドール様がお優しい王子様だから夢を描いていただけです。私はテオドール様がどのような方か、何を考えていらっしゃるかも知りませんでした。知るという努力をしなかったのです。けれど今は知りたい」

「イザークのことを、だね？」

「はい」

「いいよ、話してあげよう。彼がどんなふうに育ったか」

テオドール様は、自分も周囲の人間やイザークから聞いた話だがと断ってから静かに語ってくれた。

イザーク様は、生まれてすぐにお母様を亡くされ、離宮で乳母に育てられた。

その乳母は、イザーク様の母君の実家から来た方で、イザーク様を愛してくださったけれど、同じくらい王家を憎んでいた。

いかに王様といえども、自分の大切なお嬢様を日陰の身としたまま死なせたことに腹を立てていたのだ。

彼女は、イザーク様の母親の乳母でもあったから。

乳母からいかに王族が酷いかを吹き込まれて育ったイザーク様は、城に近づこうともしなかった。

そしてその乳母が亡くなると、次にやってきた彼の世話係は、彼の母親を悪し様に言う女性だった。

王妃様は貴族の女性の憧れ。新しい乳母は王妃様に傾倒していたので、王妃様を悲しませる存在が許せなかったのだろう。

彼は顧みられず、放置された。だがそれは堅苦しい生活から解放される、ということでもあった。

城を抜け出し、街へ出て遊び回ったが、民の窮状を目の当たりにしてだんだんと考えが変わった。

「最初に会った時、彼は私に自分が王になれば、民にあんな暮らしはさせない、と言っていたよ」

その頃を思い出したのか、テオドール様は笑った。

外国へ留学される前、陛下にご挨拶に伺った時に初めて二人きりで話したそうだ。

「イザークは、飢えていた。自分の考えを聞いてくれる人に、中立で自分に接してくれる人に。周囲の者は皆、それぞれの思惑があって彼に近づく。最初の乳母は王家への憎しみを教えるために、二人目の乳母は彼を取り除くため。そして彼の住んでいた離宮にいた者は、彼をどう扱うべきか悩み距離を置いた。時折訪れる『私はあなたの味方です』という者は、彼を利用しようとして。イザークは幼い時から『人』というものの裏側を見てきた。特に貴族は自分の利益しか追求せず、他人と自分を比べて自分を優位に置こうと考える者ばかりと思ったらしい」

「そんな者ばかりでは……！」

「うん。よい者もいるだろうが、彼の側にはいなかった。だから、私と会った時には、研がれた剣のようにギラギラとしていた」

それは何となくわかる。

最初に出会った頃の彼を思い出せば。

「私が彼の話を聞き、そのために助力してやると、彼の態度は軟化した。私と将来のことを語る時は、とても嬉しそうだった」

「それもわかりますわ」

彼は国の未来を語る時、いつも嬉しそうだもの。

「イザーク様は、テオドール様に裏切られたと思っています。黙って置いていかれた、と思ってらっしゃるから」

「そうだろうな。だが話すわけにはいかなかった。もし話せば、彼は私が城を出ることを反対しただろう。彼は、私が兄であるから、正妃の子供であるから、私が王位を継ぐべきだと思うようになっていたから」

「でもテオドール様は、イザーク様の資質を見てあの方こそが王になるべきと思われた」

「君はどう思う？　正直に言ってごらん。私達のどちらが王に相応しい？」

　返事に困る質問だ。

「テオドール様は、お優しくて心くばりのできる王様になられたでしょう。イザーク様は、強引ですが民を幸せにする王様になると思います。どちらがいいとは言えません。一番は、お二人が力を合わせることだと思います」

「エマの家格がもっと高ければ、その夢は叶ったかもしれない。エマは私と、イザークは君と結婚し、四人で幸せに暮らす。……それは夢のような話だ」

　私も、無理だとわかっているから何も言えなかった。

　エマさんが侍女として働いていたというなら、結婚を認められないというなら、きっと爵位は低いのだろう。いや、爵位があるかどうかすらわからない。

　テオドール様は一度、全てを捨ててしまった。

陛下や王妃様、イザーク様までならば、話し合いでテオドール様を受け入れることはできるかもしれない。

けれど、家臣達はもう彼を認めないだろう。

簡単に王位を捨てた人間を信頼はできない。忠誠も誓えない。

「後悔はなさっていないのですか？」

「していない。私は私のできることをするだけだ。今はね、代筆をやっているんだよ。ここいらの人は読み書きができないから。収入は僅《わず》かでも、きちんと暮らしている」

「王妃様にお手紙は……」

「書いてきた」

彼は、上着のポケットから封筒を取り出した。

「謝罪と、エマに子供がいること、クリスティナに母上と同じ思いをさせたくなかったことも書いた。イザークを私の代わりに愛して欲しいとも。……伝わらないかもしれないがね」

「いいえ。王妃様は『忘れ去られる』ことが悲しいのです。テオドール様が王妃様を今も愛していると知れば、きっとお心が休まりますわ」

ガサついた粗末な封筒を受け取り、私の服のポケットにしまった。

いつも着ているドレスと違って、この服にはスカートにポケットがあるので便利だった。

「では、もう一つの君の知りたいことを説明しよう。王城の中で、イザークを煙たがっているのは、ロンソン伯爵の一派だろう。彼等は貴族至上主義で、イザークの考えに反対をしている。それから、北方に領地を持っているブレア侯爵。過去の戦争で、領地に王家直属の騎士団を常駐させられて面白くないと思っている」

人々の思惑と権力争い。

私が一番知らなくて、知っておかねばならないことを、彼は名前をあげて説明してくれた。

第一王子派、第二王子派というのはあまりないこと。これはイザーク様が外国にいたせいだ。

その代わり、民に対して手を差《さ》し伸《の》べるか否かという争いがあること。王室自体に反感がある者、もし王位が譲られたら、己の立場をよくするために動き出すであろう人々がいることなども教えてくれた。

私にできることとは、王妃様のように城の中で政治とは関係のない味方を増やすことだとも言われた。

女性には、男性とは違う繋がりがある。そして男性は奥方には弱いので、奥方達を味方につけるのだ、と。

イザーク様は王位に就いてもきっと外遊が多くなるだろうから、城を守るのは私の役目だとも言われた。

そのために味方につけるべき人間の名前も教えられた。

一頻《ひとしき》りそんな話をしてから、テオドール様はポツリと呟いた。

「王位に未練はないが、イザークと国を変えることはしてみたかったな……」

本当に残念がるように。

「私、時々ここに来ますわ。その時にこうした方がいいということがあったら教えてください。テオドール様が外から見たことを、私がイザーク様に伝えます」

「王妃となったら、そうそうは来られないだろう?」

「国が変わるのですもの、王妃が変わってもよろしいでしょう? 慈善のために、ここだけではなく色々なところに足を運びますわ」

「精力的だな」

「はい。イザーク様の妻ならば、それくらいしませんと」

私達は目を見交わして微笑んだ。

「私達はいい友人になれそうだな」

「はい」

「次があるなら、今日はここまでにしておこう。一度に話をしても頭がいっぱいだろう」

「正直そのとおりです。頭から零れないように城まで覚えておかないと」

本当、何か書き付けられるものを持ってくればよかったわ。

「クリスティナ」

「はい？」

「よかったら、私の家に来てくれないか？」

「テオドール様のお宅に？」

「ここから歩いていける場所だ。そこで、エマに会って欲しい。さっきも言ったように、彼女はとても君のことを気にしている。本人の口から、全て過去のことだと言ってもらえると、きっと安心すると思うんだ」

この敷地から出る……。

イザーク様には、ここから出るなと言われていた。

中は安全だけれど、外は危険だと。でもそれは女性の一人歩きが、かもしれない。テオドール様も優秀な剣の使い手。今はまだ陽も高いし、何よりエマさんが私と会うことで落ち着いてくれるなら……。

「短い時間でもよろしいですか？　帰りも送ってくださいます？」

「もちろん」

それならば、行ってみよう。テオドール様を愛していなくても、彼の心を射止めた女性を幻影のままにしていては、自分も落ち着かない。

本人に会って、お祝いを言って、初めて全て終わりにできるのかもしれない。

「参りますわ」

「ありがとう。それじゃ、早いうちに行こう」

「はい」

「正面からではなく、こちらから出よう。こっちに別の出入り口があるんだ」

硬い椅子から立ち上がり、テオドール様の後を付いてゆく。

建物の裏を、入ってきたのとは反対側に向かって歩いてゆくと、職人さん達が出入りするような小さな木戸があった。

鍵は掛かっていたが、彼は合い鍵を持っていた。

「実は、ここでも代筆の仕事をしているんだ。私は貧乏男爵の三男坊ということになっていてね」

イザーク様と一緒だわ。

彼は下級役人と名乗っていたけれど。二人とも、お忍びが好きなのね。

「こっちだ」

裏通りへ出て、塀沿いにぐるりと建物を回り、表の通りに出る。

「人目につかない方がいいが、裏道ばかりだと危ないからね」

「大通りなのに人が少ないのですね？」

「今の時間は皆働いているんだよ。夜仕事をする者は今は寝ているしね。それでも、大切な義妹だ、気を付けるにこしたことはない」

並んで歩いていた私を守るように、彼は軽く肩を抱いた。

かつてはテオドール様に触れられるとドキドキしたのに、今はただ温かいと思うだけ。

イザーク様には、今でも触れられるだけでドキドキするのに。

テオドール様に会って、自分の気持ちがよりはっきりとする。

私にとって心がときめく相手はただ一人なのだと。

「そこを動くな！」

その時、声が響いた。

怒声に驚き振り向くと、剣を抜いたイザーク様が必死の形相でこちらに向かって走って来るのが見えた。

「彼女を離せ！」

彼はそのまま、私達に切りかかってきた。

「あ……！」

イザーク様が剣を振り下ろし、テオドール様も剣を抜いてそれを受ける。

ガチンと鳴り響く金属の音が、私の胸を震え上がらせる。

私の目の前で、怒りに満ちたイザーク様の顔が、魔法のように腑抜《ふぬ》けた顔になり、再び怒りに溢れた。

「テオドール！」

テオドール様は失敗した、という顔の後、自分の剣を引き、静かに言った。

「剣を収めろ、イザーク。ここでは騒ぎになる。わかるだろう？　場所を移そう」

イザーク様は私を見て、同じように剣を収めた。ただ、その眼差しは私の相手が危険な人物ではなかったという安堵《あんど》のものではなく、何故か睨むようなものだった。

「こっちへ」

取り敢えず、テオドール様は私をエスコートしながら近くの裏路地へ曲がった。

石壁に囲まれた行き止まりまで、私達は誰も無言だった。


「あなたは、こんなところで何をしてるんです！」

一番先に口を開いたのはイザーク様だった。

言葉が向けられた先は、もちろんテオドール様だ。

「暮らしている。この近くに家がある」

「そういうことじゃない！　王位を捨てて、何をやってるのかと訊いたんです」

「代筆屋」

「テオドール！」

「今の私の仕事だ。人々の手紙や書類を代筆していると、人の心や世の中の動きが見えて楽しいよ」

「それが王位まで捨てて欲しかったものなのか？」

イザーク様の怒りは全く治まらなかった。

それどころか、人を食ったようなテオドール様の返しに、益々《ますます》怒りを募らせてゆく。

私はテオドール様の腕を取って、それではいけないと注意した。

「テオドール様、本当のことをちゃんと伝えてください」

するとイザーク様は私の腕を取り、強く引き寄せた。

「あ」

「テオドールは他の女と逃げたと教えただろう。それでもまだテオドールがいいのか！」

「イザーク、クリスティナは……」

「あなたは彼女を捨てた。これは私の妻だ」

テオドール様は一瞬ポカンとしてから、笑い出した。

「何がおかしい！」

「いや……。心配事がまた一つ減ってよかったと思っただけだ」

「彼女のことを、あなたが心配する必要はない。それとも、クリスティナを使って城に戻ろうとでもしたのか？」

「やめてください、イザーク様。私が望んで付いていったのです。テオドール様のせいではありません」

彼は、またも私を睨みつけたが、何も言わなかった。

「イザーク。クリスティナは私の妻に会いに行くところだったのだ。会って、もう既に私のことなど何とも思っていないと彼女に告げるために」

「……何故わざわざそんなことを言う必要がある」

その問いには、私が答えた。

「赤ちゃんが生まれるのです」

「何？」

「テオドール様の奥様のお腹《なか》には今、赤ちゃんが。ですから、私を傷つけたと憂えている奥様の心の負担をなくすために、気になさらないで立派な赤ちゃんを産んでくださいと伝えに行こうと……」

「本当ですか？」

テオドール様の顔には、笑みが浮かんでいた。

あの、優しく落ち着いた、私が見慣れた肖像画の笑みだ。

「うん。彼女には伝えるべきだと思ったから、全て真実を伝えた。私が彼女にしたことは『酷いこと』だったからね。彼女のためになることならば何でもしようと思った。だが私はクリスティナを愛してはいないし、必要ともしていない」

「本人の前でよく……！　クリスティナはあなたを愛しているのに」

……え？

「それは間違いだな。クリスティナがそう言ったのか？」

私は慌てて「言ってません」と否定した。

「義母上が……」

「母上か。あの方はクリスティナを気に入っていたからな。きっとそう思い込んでいたのだろう。だが、クリスティナと私の間に愛だの恋だのが生まれたことは一度もなかった。そうだね？」

同意を求められ、私は頷いた。

「はい」

イザーク様の顔に困惑が浮かぶ。

王妃様は、イザーク様に何を言ったの？

「クリスティナが私に『本当のことをちゃんと話せ』と言うから、彼女の望みを叶えよう。私は彼女への贖罪《しょくざい》のために、叶えられる願いは何でも叶えてやりたいと思っているから」

テオドール様は浮かべていた笑みを消し、イザーク様を正面から見据えた。

「イザーク。私は君を王にしたかったんだ」

「何を……」

「君と話をしていて、この国の王に相応しいのは私よりも君だと思った。だから姿を消したのだよ。それに、エマに子供がいると聞かされ、クリスティナに母上と同じ苦しみを与えたくないと思った。だからクリスティナと結婚しなかった。さらに、私は君の苦しみも知っていたので、妾腹の子として私の子供を育てたくなかった。自分の子供を、両親に愛された記憶のない子供にはしたくなかった。それらのことを全て考えると、私がクリスティナとの結婚前にエマと姿を消すのが一番の方法だという答えが出たのだ」

「しかし、あなたを慕っていた家臣達は……！」

「彼等が欲しいのが、『私』ではなく自分が支持する王子だということぐらい、君もわかっているだろう?」

それにはイザーク様も何も言えなかった。

「すまなかったと後悔するのは、私を愛してくれた両親と、心を傷つけたクリスティナ、それにお前だけだ」

テオドール様がイザーク様の腕を摑んだ。

「王になれ、イザーク」

イザーク様はその手を振りほどかなかった。

「お前のことを愛しているクリスティナが側にいれば、きっとできる。お前を支えてくれる者は私ではなく彼女だ」

「……嘘だ」

「嘘ではない。嘘だと思うなら確かめてみるがいい。第一王子が病を得て引き下がったという話は私の耳にも届いている。お前が王としてもう無理だと思ったら、私は『病を押して』時々姿を見せてもいい。だがもう誰とも結婚はしない。既にエマと結婚しているからな。『彼女』は私に誰を愛しているかをはっきりと言った。他人の言葉が信じられぬのなら、自分で確かめろ」

イザーク様は、ゆっくりとテオドール様の手を外し、黙り込んだ。

テオドール様もそれ以上何も言わず、じっと彼を見つめた。

長い沈黙。

その間私は何をしたらいいのかもわからず、祈るように胸に手を組んでじっと成り行きを見守っていた。

どうか。

どうか全てが上手くいきますように。

テオドール様のお気持ちが届き、イザーク様が兄上に捨てられたという心の傷を癒やされますように、と、実際祈りつづけた。

「あなたは……」

イザーク様の目に、ようやく力が戻る。

「あなたは不器用な方だ。つらつらと嘘を並べ立てられるとは思わない。だが全てを真実とも思えない」

……ああ、だめだったの？　テオドール様のお気持ちは届かなかったの？

「あなたには死んでいただく」

「イザーク様！」

「時を経て、王子テオドールは亡くなる。あなたは新たな名を得て、あの病院の主事になるといい。代筆屋よりずっと稼げるだろう。子供のためにも暮らしは裕福な方がいい。……いつか、王が兄に面差しの似た宰相を民間から登用するかもしれないが、それは先のことでわからない。だがこの国はただ一人の王、他に選択肢のない王のもとで盤石な体制を作る。誰が跡取りかなどの瑣末な諍いのない体制を」

テオドール様の顔に笑みが戻る。

「私のことは……、私達のことは、自分の目と耳で確かめる。それが私の答えだ」

「よい答えだ。今日のところは、心遣いの贈り物と伝言だけで妻のところへ戻るとしよう」

テオドール様は、私の渡した布袋を掲げた。

「だがいつか、私の弟夫婦がひっそりと訪ねてくれることを祈るよ」

「あなたの言葉が真実ならば、近いうちに叶う願いだ」

「私の言葉に偽りはないから、その日を楽しみにしている」

通じ合ったの？

これで二人は納得したの？

テオドール様を自由になさったことも、イザーク様が王位を継ぐ決心をしたこともわかったけれど、彼が自分で確かめる真実とは何なのかがわからない。

それが解決しない限りは、今の話も消えてしまうの？

イザーク様が、喜んでいいのかどうかわからないままの私の手を取る。

「来い」

と強く引っ張られる。

「行きなさい、クリスティナ。君も真実を口にするんだ。全て、ためらいも恥じらいも捨てて」

テオドール様は、優しい兄の目で私を見送った。

『私達』に向けて。


彼は、何も言わなかった。

いつも、イザーク様は私に説明をくれない。

最近は、問えば答えをくれるようになっていたけれど、今回はそれすらもなかった。

「どうなさったのですか？」

「どこへ行くのですか？」

と問いかけても、彼は口を真一文字に結んだまま、何一つ答えてくれないまま、私の腕を取って病院まで戻った。

馬を引きだし、「乗れ」と命じ、先に走りだす。

置いていかれないように、私も慌てて馬を走らせた。

どこへ行くのか、という謎《なぞ》はすぐに解けた。

馬が到着したのは、着替えのために取っていた宿だったから。

着替えて城へ戻るということなのかしら？

それとも、外で話すことではないから、人に聞かれることのない場所へ移動したのかしら？

部屋へ入ると、最初の部屋を通り抜け、廊下から遠い寝室へ向かったから、そうなのかもしれない。

彼はベッドに座り、大きなため息をついてから、私にも隣へ座るように命じた。

一人分の距離を置いて隣に座ると、彼は疲れた顔で聞いた。

「贈り物を渡したということは、テオドールに会ったのは、今日が初めてではないな？」

「……はい」

「いつ会った？　示し合わせていたのか？　今日病院へ行きたいと言ったのは、テオドールに会うためだったのだな？」

矢継ぎ早の質問からは、怒りは感じられなかった。

「テオドール様とは、昨日偶然お会いいたしました。これまで連絡を取ったことはございません。今日病院へ連れて行って欲しいとお願いしたのは、テオドール様とお会いするためです」

「テオドールに未練があるからか？」

「未練？」

「彼に会いたかったのは何故か、ということだ」

真実を、と言われたテオドール様の言葉を思い出して、私は全て隠さずに伝えた。

「テオドール様にお伺いしたいことがあったのと、王妃様へのお手紙を預かるためです。それに、奥様が、私に悪いことをしたと憂えていると聞いたので、贈り物をしてお二人のことも赤ちゃんが生まれることもお祝いしていると伝えたくて」

「テオドールに何を訊いた？」

答えが一瞬遅れる。

「どうした、答えられないのか？」

真実を告げるのよ。

もし怒られたり呆れられたりしても、ちゃんと答えるのよ。

「……イザーク様のことを」

「私？」

「私は、イザーク様のことをよく知りませんし、誰に訊いたらいいのかもわからなかったので、あなたがどのような生活を送ってきたのか教えていただきました。それから宮廷内で私がどのように振る舞えばよいのかと、人間関係を。……何も知らなくて『使えない』と言われたので、少しでも知識を得た方がお役に立つのではと考えて。……差し出がましいことを」

彼は何も言わなかった。

黙ったまま何度かため息をついただけだった。

「すみません」

沈黙に耐え兼ねて謝罪すると、彼は一度逸らしていた視線を私に戻した。

「義母上から、クリスティナはテオドールに恋をしていた、愛していたのだと聞いた。それなのに裏切られて可哀想にと」

そういえば、王妃様はそのようなことを私にも言っていたわ。

「私がテオドール様に抱いていたのは、憧れのようなものだと思います。あの方との婚約は幼い頃でしたので、私にとってテオドール様は絵物語の王子様のようなものでした。もちろん、何の説明もないまま結婚を反故《ほご》にされたことにはショックを受けましたが」

「テオドールを愛してはいなかった？」

「はい」

それには即答できた。

あの方には今も好意と尊敬、親愛はある。けれど一度も愛したことはなかったから。

「ではお前は今、誰かを愛しているのか？」

緊張して、手に汗が滲《にじ》む。

もう一度、テオドール様の言葉が頭に浮かんだ。

『君も真実を口にするんだ。全て、ためらいも恥じらいも捨てて』

あれは、私から彼に気持ちを告白しろということだったのかもしれない。だとしたら、今の本当の気持ちをきちんと告げないと。

「はい、愛している方がおります」

「誰を?」

信じてもらえるだろうか?

笑い飛ばされはしないだろうか?

もしそうなっても、一度だけは伝えたい。自分から何かをしなければ彼の心には届かない。誰かに決められたからではなく、選択肢を選ぶのでもなく。私が決めたのだと伝えなければ。

深く息を吸ってから、私はその名を口にした。

「イザーク様を」

「嘘だ」

即座に否定され、胸が痛む。

「お前は私の妻になったから、そうしようと努力しているだけではないのか?」

「違います。……最初は、そうだったかもしれません。結婚したのだから、妻として認められたいという気持ちがありました。でも今は違います。あなた以外の人の妻にはなりたくない。イザーク様に愛されたいのです。あなたを愛しているから」

彼はまた私から視線を外し、ポケットから小さな革袋を取り出すと、それをじっと見つめた。

「私には、何も与えられなかった。家族も、地位も、愛情も。初めて兄と慕った者にも捨てられたと思った。だが今になって、全てが手に入るというのか？」

「イザーク様」

「この中には、私が初めて美しいと、愛《いと》しいと思った者の持ち物が入っている」

私は、打ちひしがれたように見える彼に伸ばしかけた手を止めた。

そうなの……。

彼には愛する人がもういたのね。

「だが、その女性は他に愛する者がいると教えられた。心が手に入らぬなら、せめて共に人生を過ごす者として理念をわかちあえるようにしようと思った。それも失敗したら人形のように飾って眺めるだけにしようと。だが彼女は見事に私の期待に応え、外見だけでなく内面でも私を魅了した」

「……それはようございました。では私と離縁し、その方をお迎えになるのですね？　王となればそれも叶いましょう」

苦しい。

苦しい。

愛しい人に他に愛する方がいるということが、これほど苦しいとは。

王妃様の苦しみが、私の身に降る。テオドール様はそうならないようにと私を残して行かれたが、結末は変わらなかったのね。

「その女性と結婚することはできない」

「何故ですの？」

「既に彼女は結婚しているからだ」

「それは……！」

彼も私と同じ苦しみを？

だが、そうではなかった。

「私と」

「……え？」

「既に結婚している者と、もう一度結婚することはできないだろう？」

言いながら、彼は革袋の中身を取り出した。

青い宝石のイヤリング。

それは、私が結婚式の時に付けていて、倒れている間にティアラ等と一緒に外されたものだった。

「花嫁のベールを捲った時、一目で私は恋に落ちた。この美しい女性を自分の妻とできることは喜びだった」

「でも、目を覚ました時には冷たい態度で……」

何て人なのだろうと、思ったわ。

使えない、と舌打ちまでしたのよ？

「お前は随分と長く眠っていた。その間に私は両親に呼び出され、義母上からクリスティナはテオドールを愛していたから、この結婚にショックを受けて倒れたのだと聞かされた。貴族の結婚に愛はないもの、政略結婚ならばお前を自分の妻にできると思ったのに、心が既に他人のものならば愛し合うことはできないだろう。だから、せめて私の恋心の形見にと、眠っているお前からこれを外した。ティアラを外して持ち帰った侍女が残していたということは、お前の私物だろうと思ったので」

「それは……、私のお気に入りです。侍女が持っていってしまったのかと……」

考えてみれば、王妃様が選《え》りすぐって付けた侍女が、王家の物とそうでない物の見分けがつかないわけがないのに。

「王になりたいと思ったが、妾腹の第二王子では無理だった。だが今、私は王位継承第一位として城にいる。家族を求めていたが、生みの母は亡く、国王夫妻とも距離があり、信じた兄にも捨てられたと思った。だが兄は私を王にするために身を隠したと言い、これからは弟として訪ねてくれと言う」

「陛下も、王妃様も、きっとイザーク様を愛してますわ。今はそうでなくても、きっとこの先には。だって私はあなたを愛しましたもの」

彼の手が、私の頬に触れる。

「一目で恋に落ちた相手は、兄を愛していると思っていた。結婚したいと思っても、既に政略によって結婚させられていた。好きでも嫌いでも一緒にいなければ『ならない』のなら、せめて自分と人生を歩む相手として教育しようと思っていた。王の片腕として私と共に働いてくれるなら、それで我慢しようと」

青い瞳が、真っすぐに私を見る。

冷たくなどない。からかいも蔑みもない。その瞳にあるのは、ただ喜びだけ。

「だがそれでも、お前は私を魅了し続けた。私が今まで出会ったどんな貴族の娘とも違う。貴族以外の娘とも違う。勤勉で、純真で、私を理解してくれて……。名ばかりの妻でも、愛されていなくても、好意は抱いてくれているのでは、と思うようになった」

私にキスした時の言葉。

あれは私をばかにしたのではなく、自戒と諦めの言葉だったの？

「私を受け入れると言った時、テオドールを、過去を全てを忘れて私を見てくれるのだと思った」

昨夜の、私の部屋に来た時、口籠《くちご》もるように言っていたのは、それだったの？

何故だか、涙が浮かんできた。

　彼の言葉が胸を締め付ける。

「病院からいなくなったと知った時、必死に捜した。職人から、お前が男と裏手から出て行ったようだと聞かされて、何かあったのではないかと思った。テオドールと一緒にいた時、テオドールが結婚していてもやはり彼が好きなのかと絶望を感じた」

　零れた涙を、彼の指がすくう。

「いいえ、違います」

　そして黒髪のかつらを外した。

「わかっている。もうわかっている」

　編んであった髪を、彼が解く。

「私が王子じゃなくても、好きか？」

「わかりません。あなたが未来の王としてご立派なところに惹かれましたから」

「正直だな」

「でも、王子じゃなくても、国を変えようとなさるなら、私は付いていきます。どこへでも」

「お前なら付いて来るだろう」

「あなたが手を取ってくれるなら」

「手を取るさ。離したくない相手だ」

キスが来る。

「結婚してくれ、クリスティナ」

もう一度。

「親の決めた婚約者ではなく、公爵家の娘と王子の婚姻ではなく、『私』の妻に」

もう一度。

ついばむように何度も何度も、唇だけでなく、頬に、額に、鼻に。

くすぐったくて困るくらい。

「返事を」

「決まっています。返事は『はい』よ。どうか、私を名ばかりの妻とは呼ばないで、ただ一人の妻と呼んで下さい。私達は愛し合って夫婦になるのだと信じさせて」

次のキスは唇に深いキスだった。

長く、激しいキスだった。

「夢のようだ。全てが手に入るなんて」

私を強く抱き締める腕。

包むというより、縋《すが》りつくように。

だから私も彼の身体に腕を回して抱き締めた。私の方が彼を包むように。

イザーク……。

あなたはずっと愛されたかったのね。愛したかったのね。誰かを信じたかったのね。

誰にも気兼ねすることなく、自分と抱き合う相手を求めていたのね。

テオドール様の話を聞いた今ならわかる。

あなたが歩んできた道には、愛が乏しかった。さっきあなたが言ったとおり、望むものはみんなあなたの手を擦り抜けてしまった。僅かに残ったものも、あなたより他の人を選んでいった。

でも、もう終わりよ。

私がいるわ。

私は絶対に離れない。他の人を選んだりしない。存分に私を愛して、抱き締めて。私はあなたの妻なのだから。

「こんな部屋で求められるのは嫌だ、と言われたな。初めては城にして欲しいと。それは今も同じか？」

「イザーク様？」

「今、欲しい。言葉が嘘ではないことを確かめたい。お前を、私だけのものにしたい」

部屋は、決して豪華ではなかった。けれど貧相でもなかった。

壁は木枠が目立つ漆喰《しっくい》の塗られたもので、華やかな壁紙はない。花も活《い》けられていないし、ベッドは天蓋《てんがい》もなく、シーツはサテンでもない。

でも、イザークがいた。

愛する人がいた。

それなら何を迷うことがあるだろう。

「どこへでも付いていきますと申しましたわ。どこであっても、あなたがいるなら私にとってそこはお城ですわ」

儀式として抱き合うなら、綺麗な場所がいい。美しい思い出となるように。

厳かに行われることが正しい。そういうものだと決まっているから。

でも愛し合う行為なら、気持ち以外は関係ない。

そうでしょう?

「クリスティナ、お前を愛している」

初めて見つめ合って愛を交わす。

その喜びの前では、何も気にならなかった……。


閨《ねや》での作法は、教師に習っていた。

殿方が求めるに任せ、自分から求めるようなはしたないことはしてはいけない。

うに。

男性が衣服を脱がせるのが上手くいかないようだったら、さりげなく自分で服を脱ぐように。

男性から目を背けてはいけない。

もし恥ずかしければ目を閉じるように。

他にも色々と言われたけれど、その全てが彼のキス一つで飛んでしまった。

キスは、もう何度もしたのだけれど、その度に新しいキスを教えてくれた。

軽いキス、ついばむようなキス、舌を差し込む深いキス、唇を吸われるようなキスに貪るようなキス。

今度のは柔らかくしっとりとした深いキスだった。

唇を割って舌が入ってくるけれど、動きはゆっくりとして、歯列を越えて奥まで入り込み私の舌に絡めるように動く。

息ができなくて苦しくなっても、まだキスは続き、時折ずれる唇の端での呼吸では息が足りない。

頭がぼうっとしている間に、彼は私の胸元へ手を移した。

厚手の布地の上、手が滑る。

着ていた服は、前にボタンの付いた、自分で脱ぎ着できる簡素なものだった。

彼の手はそのボタンを器用に外してゆく。

下着も、飾りのない簡単なもので、開いた襟元から滑り込んだ彼の手を迎え入れる。

「あ……」

指先が小さな突起に触れ、膨らみを摑んで中から引き出した。

脅えて小さく首を振ると、解かれた髪が胸に零れた。

「綺麗だ」

と彼は言ってくれた。

嬉しくてまた涙が滲む。

「あなたにそう言っていただける日が来るなんて」

「最初から思っていた。美しい銀細工のように繊細で神々しかった」

「人形のよう、とおっしゃったのよ？」

「人と思えば手が出る。人形と思う方がいい。今は触れてもいいのだから人だ」

引き出された胸の上、手が動く。

ベッドに横たわってするものではないのかしら、という戸惑いを指の感触が打ち消す。

「ん……」

声が、零れる。

内側からあふれ出す感覚を身の内に留めておけず、声となって溢れるように。

心臓が痛い。

手が胸を包み、指が先端を弄《いじ》る。

じわじわとした感覚は、私の身体を震わせ、逃れたいわけではないのに肩が引ける。

それでも、手は離れなかった。

胸の先に付いた小さな突起は彼の手慰みに翻弄《ほんろう》され、硬く膨らむ。それをまた指が弾《はじ》く。

彼は身悶《みもだ》える私を見つめ、時々キスをした。

「見ないでください……」

「何故？」

「恥ずかしいですわ……」

「恥ずかしがることはない。お前は美しい」

「快楽に負けて乱れる姿など……」

「私が乱れさせているかと思うと嬉しい」

彼は本当に嬉しそうに、にこっと笑った。

今の行為とその表情がちぐはぐで、何だか笑ってしまう。

彼は、どこか子供っぽいわ。

子供時代に『子供』ができなかったからなのかしら。

彼が、私の乱れた姿を見たいというのなら、見せてもいい。彼だけには。

もう『見ないで』とは言わず、彼に身を任せた。
大きな手が、私を撫でる。
熱い唇が肌を滑り、それはやがて舌に替わる。
イザークが、私の胸に顔を埋《うず》め、舌は胸を濡らした。
「……あ」
潜り込んできた彼を支えられず、ベッドに仰向けに倒れこむ。
ベッドは城のものより硬かったが、布団が私を受け止めた。
倒れてなお彼が私を求める。
まだ外れていなかった服のボタンも、いつの間にか腰の辺りまで全て外されていた。
襟が大きく開き、肩が出ると、下着も脱がされる。
スカートが捲られ、中に手が入ってくる。
脚を撫で摩《さす》り登ってくる指の感触に鳥肌が立った。
「イザーク……」
『様』を付けず、私は彼の名を呼んだ。
敬称は私達を遠くするもの。
「もっと呼べ」
思ったとおり、イザークは喜んでくれた。

私の意図をわかってくれた。

「……イザーク」

名前を呼ぶ度、私の中で彼が近づいてくる。

最初から、彼は生身の男性だった。肖像画で美しく飾られたところなど、見たことがなかった。

今もそう。

私に触れる初めての男の人。

身体の重みが、肌をかすめる髪が、私を蕩《とろ》けさせるキスも乱れさせる舌も、絵物語ではなく現実のもの。

イザークは、身体を起こし服を脱いだ。

逞《たくま》しい筋肉質の身体が、シャツの下から現れる。

男性の裸など、絵画の中でぐらいしか見たことはなかった。男性の裸を見るなんて、恥ずかしいことだった。

けれど彼の身体は例えようもなく美しかった。

鍛えられた均整が取れている身体だからというだけでなく、私の心が、彼を美しいと感じた。

相手が特別に見えてくる。惹かれる、というのはこういうことなのかもしれない。

目が合って、彼が照れたように笑う。
きっと誰も知らないイザークの表情。
それを見ることができるのは私だけという喜び。
再び彼が手を触れると、私の中に小さな火が灯《とも》る。
「あ……」
乳房を掴まれ、柔らかく揉《も》まれる。
膨らみの中にある何かを探すように。
身体の中に灯った火は、快感とともに全身に広がってゆく。
キスも、直接触れ合う肌も、その火を大きくするためにくべる薪となる。
もう一度、彼はスカートの中に手を差し入れた。
さっきのように、脚を撫でさするのではなく、目的の場所へ真っすぐに進んでゆく。
相手が何を求めているのか教えられていたから、私はためらいながらも脚を開いた。
開かれた扉を突き進み、手がそこに触れる。
「……あ」
ほんの少し触れられただけで、身体が痺れる。
彼もまた、何をすべきか心得ているのだ。
「や……っ」

柔肉の中から小さな果実を探り当て、指の腹で擦る。

感じたことのない快感が、私を突き抜けてゆく。

「イザ……」

「訊くまでもないが、初めてだろう？　ゆっくりしてやる」

「……あなたは初めてではないような言い方だわ」

「男は習うものさ、失敗しないように」

「……悔しいと思うのは、私が狭量だからかしら」

「いいや、私を愛している証拠だ。もし逆なら、私はその相手を殺しに行くだろう」

物騒な言葉が、今は私の胸をくすぐる。

それなら許してもいいわ、と。

指は散々そこから私を苛《さいな》み、纏っていた恥じらいと理性を剝《は》ぎ取《と》ると、さらに奥へと進んだ。

自覚なく溢れ出された蜜《みつ》が、彼の指を濡らす。

指は濡れたことを確かめるように入り口を彷徨《さまよ》い、中へ進んだ。

「……っ」

多分、そんなところに異物を感じるのは生まれて初めて。そこに『ある』ことは知っていたけれど、自分ですら確かめたことのない入り口に細く長い指が滑り込む。

「痛いか？」

「いいえ……。でも……」

指が動く。

「……あっ！」

痛みがないから、内側は柔らかいのだと知れる。

何もない場所なのに、どうして指の僅かな動きを全身に伝えるのだろう。少しの動きでも、肌が粟立《あわだ》ってしまう。

「ん……、う……っ」

無意識にキュッと指を締め付け、その度に力を抜こうとするのだけれど、動かれるとまた力が入る。

繰り返しているうちに、動きに応えるためにわざとそうしている気分になる。

「あ……。イザーク……」

舌で胸先を弄られ、下では指に翻弄され、もどかしいような焦燥感に焼かれる。

小さく灯っていた火は、既に全身を焼き尽くす炎となっていた。

熱い。

内も外も、身体が熱い。

触れている彼の身体も熱い。

二人して炎に巻かれている。

「妖艶《ようえん》な姿を見て、これ以上の我慢はできないな」

私に言うのではなく、独り言のように彼が呟いた。

妖艶とは私のことかしら？

そんなことを言われたのは初めてだけれど、彼の目にそう映っているなら嬉しいわ。

「私達……、夫婦になるのね……」

「そうだ。今度こそ本当に結ばれる」

「……嬉しい」

潤む瞳で彼を見つめてそう言うと、イザークはキスをくれた。

「私もだ」

と言って。

指が引き抜かれる。

「あ」

腰に溜まっていたスカートを剝ぎ取られ、一糸纏わぬ姿にされる。

さすがに恥ずかしくて脚を閉じ、胸元を手で隠したが、彼は私の手を取り、指を組み、
そのまま大きく腕を開かせた。

磔《はりつけ》にされるようにベッドに押さえ付けられ、またキスをされる。

唇を合わせ、舌を絡ませている間に指が解かれ、私は彼に腕を回した。彼は自由になった手で私の身体を確かめるように全身を撫で、最後にあの場所へたどり着いた。

「クリスティナ……」

促すように名を呼ばれ、閉じていた脚を開く。

彼がその間に身体を移し、濡れた場所を探る。

最後まで身に纏っていたズボンの前を開け、中から引き出したものをそこに当てた。

ビクリと震える身体。

待ち望んでいたからでも、怖いからでもない。

覚悟の身震いのようなもの。

彼を、自分の中に迎える。

彼を、自分のただ一人の相手として受け入れる。

これで本当に、自分は『娘』ではなく、『妻』となる。それは身体の変化だけでなく、これから先自分が選ぶ全てのものの基準を、『彼』にするということ。

結婚式を迎えても、私は公爵令嬢であり、愛の無い結婚を強いられた可哀想な娘でしかなかった。

けれどこれからは、愛する人に愛され、彼の歩む道を共に歩む彼の妻になるのだ。

いつか、彼と共にこの国を背負う王妃に。

その覚悟は、もうとっくにできていた。

「……あ」

濡れた肉を押し広げ、彼が入ってくる。

逞しい身体に回した手に、力が入る。

「……っ」

さらに強く、彼が侵入する。

「あ……、や……っ。ん……っ」

侵入を阻まれれば身を止め、引き抜き、再び奥を目指す。それを繰り返しながら彼が私と重なる。

ゆっくりとした動きはいつしか激しくなり、どこか冷静に状況を受け入れていた私から思考を奪ってゆく。

擦れ合う肉の感覚。

「あ」

触れる汗ばんだ肌。

「い……っ」

嚙《か》み付《つ》くように身体中のあちこちにされるキス。

振り落とされまいと必死にすがりついていた腕は、求めるものを抱え込む抱擁となる。

痺れと疼《うず》きはもはや抗《あらが》いようのない快感となり、私を蝕《むしば》む。

行為の立てる生々しい音や、互いの息遣い、私のはしたない喘《あえ》ぎ声すら、快楽を支える一環となって感覚をそちらへ導いてゆく。

燃える。

身体が燃える。

心が燃えてゆく。

「イザーク……、イザーク……」

奥を突き上げられ、身を包む炎の温度が上がった。

赤い火は、今や青白く燃え上がり、私を焼き尽くした。

二つの身体は一つとなり、同じ揺れに身を任せる。私は彼を求め、彼が私を望み、その互いの欲望も一つに重なる。

「私だけを愛せ、私から離れるな」

切ない、願いに似た響き。

「私だけのものでいろ……」

彼の中で、ずっと燻《くすぶ》っていた願い。

「はい……」

そう答えれば喜ぶとわかってする返事ではなく、自分の心からの言葉として零れる返事は、私達を同じ波にさらわせた。

「決して離れませんわ……」

くるおしいほどの快感と共に……。


日が暮れるまで、私達はその部屋で休んだ。

泊まっていくかと彼に言われたけれど、私達が外泊することで起こる色々な騒動を考えると、そういうわけにはいかなかったので、私は彼に抱かれ、大切に城へ持ち帰られた。

美しく華やかなベッドへ戻ってから、互いにあるべき姿に戻り、私は侍女を呼んで身体を整えると、軽い食事をしてベッドに横たわった。

イザークは夜半に私を訪れ、疲れすぎて眠れなかった私に気づくと、遠慮するように一緒に眠っていいかと聞いた。

答えなどわかっているのに。

昼間の激しさと違い、寄り添って他愛のない話や大切な話をしながら、訪れた睡魔に負けて目を閉じる。

それでも、私は感じていた。

あの時に自分の身体の中に灯った炎がまだ消えていないことを。

それはきっと『愛』という名の炎なのだ。

だから、この人を愛している限り消えることはないだろう。

翌朝、私の進言に従って、彼は私と共に王妃様の待つ朝食の席へ向かった。

王妃様は一瞬驚き、すぐにそれを隠してしまった。

「おはようございます、義母上」

「おはよう、イザーク」

予定のなかった彼の席が慌てて用意されると、彼は人払いをし、食卓の席は三人だけになった。

私は、昨日預かったテオドール様からの手紙を王妃様に差し出した。

「私達、テオドール様にお会いしました」

「……え？」

「これをお義母様に渡して欲しいと託されたのです。テオドール様の奥様は身ごもっておられました」

今度は隠すことのできない驚きで、王妃様は手紙を受け取り、便せんに目を走らせた。

「あなたはこれを読んだの？」

「いいえ。何とあるのでしょうか？」

「あなたを……、妹のように大切に思っていたから、そのように接してあげて欲しいと。エマは身を引くつもりだったけれど、テオドールが望んで彼女を追ったと……」

声が、少し震えているのは泣くのを我慢しているからだろう。

「イザークは自分の弟であると。彼こそが王に相応しいと。……どんなに離れていても、私を愛していると」

そこで王妃様は手紙をたたんで封筒にしまい、イザークを見た。

「あなたも会ったの？」

「彼が手紙を書いた時には会っていませんでしたが、クリスティナがそれを受け取った後に少し会いました」

「そう……」

「彼の心は、私にはわかりません。ですが、私から義母上に伝えたいことがいくつかあります。そのためにここへ来ました」

王妃様の表情が硬くなる。

「何かしら？」

イザークは、何かを決めるように大きく息を吸うと、まず私達のことを口にした。

「私と、クリスティナは、愛し合って夫婦になりました。これから先、私は彼女と歩んでいきます」

「……それはよいことね」

「彼女から、あなたが私を憎んでいたわけではないと聞きました。それが本当であるならば、私も心の内にあった憎しみを消したいと思います」

王妃様は何も言わなかった。

イザークは、昨夜ベッドの中の睦言《むつごと》として色んなことを話してくれた。

彼が、本当は王妃様や陛下を憎んでいたことも、その理由も。

だから私は、彼の言葉には驚かなかった。

「私があなたを憎んでいたのは、乳母から聞かされていたことのせいです。乳母は……、最初の乳母は母の乳母でありました。ですから、母が陛下に求められた時のことを母から聞いておりました。母が言うには、陛下は母を愛していなかったそうです」

王妃様の顔がピクリと動く。

「陛下は、政務や完璧な妻に疲れ、息抜きとしてまだ無垢であった母を求めただけだったのです。だから、子供を身ごもったと聞くと、一時の気の迷いの結果に慌て、できる限りのことはしようと言ったのです。母は、愛されていなかったことを悲しみ、悲嘆のうちに亡くなった、そう聞かされました」

「陛下があの娘を愛していなかったと……？」

「そうです。再会した時に、陛下ご本人からそのことについて謝罪されました。せめて、母を愛していたと言ってくれれば、父だけは憎まずにいられたかもしれない。だから、父が病に倒れ、母のことで愛する王妃との間に溝を作ったまま亡くなるかもしれないとわかっても、真実をあなたに告げる気にはならなかった。あなたが父を憎み、父は弁明することもできぬままで終わればいいと思っていました」

それは、誰も知らなかった彼の闇。

でも、もうその闇は晴れてゆく。

「けれど今は違います。私は永遠の伴侶《はんりょ》を得た。私の妻は、子供のように無垢な心で『みんなが幸せになる方がいい』と私に諭しました。だから、どうか余人を交えず、誰の思惑にも流されず、お二人で話し合ってください。私はまだあなたを義母とは思えないかもしれない。けれど、王妃として、女性として、今まであなたが国のために全てを耐えてきたことを尊敬します。母を……、許してやってください」

王妃様は、もう感情を抑えることができなかった。

表情こそ崩してはいなかったが、涙はその頰を流れていた。

「妻は、あなたが側にいてくれれば頼もしいと言っています。私達の関係を新しくするためにも、どうか治療は王城でなさってください。もちろん、離宮がよろしければそれを止めることはいたしませんが。そして、陛下がよくなられたら、お二人で私の作った病院などを視察なさってください。そこは、テオドールに似た男に任せるつもりでおりますので、心の慰めになるでしょう。生まれてくる彼の子供も」

言い終わると、イザークは私を見た。

これでよかっただろう？　という顔に、私も無言で頷く。

「明日から、私達は夫婦で食卓を囲もうと思っております。よろしければ、お義母様も陛下のお側でお食事を」

私の言葉に、王妃様は静かに頷いた。

「……そうしましょう。若い二人の邪魔になってもいけませんから」

私は、真実の愛を知らなかったと思う。

ぬくぬくとした環境で、愛されていると思って育っていただけで。

でも真実とは、愛とは、時に複雑で闇を生み、悲しみを伴うこともある。

けれど、それが通い合った時には、全てがよい方向へ進むと知った。

私の愛しい人のお陰で。

何もかもが丸く収まったとなるには、まだまだ長い時間がかかるだろう。

でもいつか、陛下の病が快癒し、国王夫妻が仲睦まじく手を取り、お二人でテオドール様を訪ねることができるだろう。

生まれたばかりの赤ちゃんを抱いた女性とテオドール様が、人々を助け、イザークを支え、この国がよくなってゆくはずだ。

そしてその時、私はイザークの隣にいる。
愛し合い、支え合う、国王夫妻となって。
いつまでも、いつまでも……。

ダンスは上手く踊れない

「ロッセン伯爵は中立派で、王家に忠実な人間だ。陛下が決めたことには従う、という感じだ。それだけに、お前が国王になれば、無条件にお前に仕えてくれるだろう。注意すべきはオーバル侯爵だ。オーバル侯爵は親テオドール派だ。パーティとなれば一番に私に挨《あい》拶《さつ》に来るタイプだな」

テオドール様の言葉に、イザークは真剣に耳を傾けていた。

建設途中の病院の近くの宿屋の一室。

この辺りで一番いい宿屋の一番いい部屋で、私達三人は密談の真っ最中。

それというのも、イザークが自分で答えの出せない問題を、テオドール様に相談したいということになったからだ。

イザークが王子として認められるようになると、あちこちの有力貴族からパーティの招待状が届くようになった。

彼はパーティ嫌いで、できれば出席したくないのだか、そういうわけにもいかない。

そこで、出席『しなければならない』もしくは『しておいた方がよい』方を選んでもらうため、テオドール様を訪れたのだ。

有力者で、反感を買わない方がいい人、テオドール様が王になることに反対しているが故にイザークを応援してくれる人。中立派で、早いうちにイザークの味方につけてしまった方がいい人。

この人達は、パーティに出席するだけでもあちらからイザークに歩み寄ってくれる人々だ。

だが問題なのは、親テオドール派、つまりテオドール様が王になればよいと思っている人々だ。

そういう人達が敢《あ》えて彼を招くのは、イザークがどんな人物か観察しようとか、隙《すき》あらば彼の足を引っ張ろうとしているので、パーティに出席するなら細心の注意を払わねばならない。

私はそういう人間関係には疎いし、国王夫妻にそれを訊《き》くのはイザークにためらいがあるため、頼る先はテオドール様、となったのだ。

宮廷内のことに関しては、テオドール様に一日の長があった。

権力争いの裏も表も、しっかりと読み切っていた。

「反イザーク派の人間には、愛嬌《あいきょう》を振りまけ」

「親イザーク派にではなく？」

「嫌いな人間にほど、親切にするのだよ。お前も、敵と認識した相手は牙《きば》を剝《む》いて向かって来ると思って構えているだろう？　そこでにっこり笑って手を差し出されたら肩透かしをくらうだろう」

「それはまあ……」

「肩透かしをくらえば、もう一度牙を剝くまでに時間がかかる。その間に距離を詰めてしまうんだ」

「それで戦え、と？」

「戦っちゃだめだろう。味方にするんだよ」

テオドール様に笑われて、イザークは拗《す》ねたような顔をした。

拗ねる、というのは甘えている証拠かもしれない。

彼のテオドール様に対する信頼は、すっかり取り戻せたようだ。

「それにしても、パーティに出席するつもりなら、ダンスのレッスンはした方がいいぞ」

言われた途端、彼の顔がウンザリという表情になった。

「クリスティナが上手《うま》いから大丈夫ですよ。彼女は私の下手さを補うだけの力がありますから」

まあ。

褒められたわ。

「彼女が踊りの名手なら、余計に練習した方がいいな」

「釣り合いが取れないからですか？」

「いや……」

テオドール様は、何故《なぜ》かちらりと私を見た。

「まあ、男としての沽券《こけん》かな？」

私がいては言えないことかしら？

「別に、ダンスが踊れなくても男の沽券には関係ありませんよ。少なくとも、私には」

テオドール様の忠告を、イザークは笑い飛ばした。

彼は、ダンスなど無駄なことだと思っているのだろう。

「早急に、ではなくとも練習はしておいた方がい。外国の賓客にダンスを誘われたら困るだろう。相手の女性の足を踏んで外交問題になったらどうする？」

「そんな大袈裟《おおげさ》な。その時には素直に謝りますよ」

それでも、まだテオドール様は何か言いたげだったが、ダンスの話題はそこで終わりだった。

「それより、クリスティナから提案があって、出産の時には奥方を別の場所に移してはどうかと言うんです」

「別の場所？」

今度は私が口を出せる話題なので、控えていた椅子《いす》から慎《つつ》ましく身を乗り出した。

「はい。建設中の病院がそれまでにできあがればよいのですが、ここいらではあまり腕のよい助産婦は望めませんでしょう？　初めてのお産は不安なものだと思うのです。ですから、ちゃんと面倒を見てくれる者がいる場所に移られては、と」

「それはありがたいが……」

「王城で、というわけには参りませんが、どこかに小さな館《やかた》を借りて、そちらでゆっくりとご出産なさる方がよろしいですわ」

「館の手配は、私がします。それで、兄上には一度城に戻っていただきたいと」

「城へ？」

「義母上《ははうえ》が、生きているテオドールから正式に継承権を譲渡させた方がいいと言うのですよ。でなければ、私が兄の病気につけこんで王位を奪ったと言われるから、と。その後は、病気療養で離宮に引きこもり、側仕《そばづか》えの侍女として奥方と暮らせばいいと」

テオドール様は、少しの間考えてから首を横に振った。

「半分しか賛成できないな」

「半分？」

「私が一度、皆の前でイザークに王位を継がせると宣言するのは構わない。だがやはり私はその後でいなくなる方がいい」

イザークは『何故？』とは訊かなかった。

彼も同じ意見なのだろう。

でも私は疑問に思ったので、それを口にした。

「何故ですの？　病気療養で表に出てらっしゃらないなら、問題はないでしょうし、エマさんとお子様と三人で安定した暮らしができますのに」

「その子供が問題なのだよ。エマの産む子供が男の子だったら、また継承権問題が起こる。君達の間に男の子が生まれても、第二王子に生まれた年下の王子か、第一王子に生まれた年上の王子か。しかも今度は『生まれ』が複雑だ。妾腹《しょうふく》の弟王子だが妻は公爵家の出で、現国王の子供と、正妃の産んだ兄王子だが王位を継がず、妻は男爵家の娘である子供」

エマさんは男爵令嬢だったの。

侍女だというから市井の出かと思っていたけれど。考えてみれば、王城の最奥で勤めるにはそれなりの家の者でなければならないわね。

「せっかくイザークの治世になっても、そこでまた継承者問題が起きるのは好ましくない。王子テオドールには子供はいない方がいい」

「兄上にそう言ってもらえると助かります」

二人は互いに納得したように頷《うなず》きあった。

私の知らない二人の過去がそう言わせるのだろう。

「エマに館を用意してくれるのはとてもありがたい。その恩返しとして、父上が退位なさる時に一度だけ顔を出そう。その後は、第一王子によく似た男でいいさ」

「市井に下りても、国のために働いてもらいますがね」

「それはもちろんだよ」

二人の間に強い絆《きずな》のようなものが生まれた、と感じる。

イザークは、テオドール様が自分のためを思って行動してくれたことが嬉《うれ》しいのだ。

彼の周囲には、いつも思惑ばかりが渦巻いていて、今まで純粋に彼のことだけを考えて行動してくれた人がいなかったのかもしれない。

身分違いの恋という理由もあっただろうが、テオドール様が自分の恋人をイザークの母親と同じ境遇におきたくないと気遣い、自分よりもその才覚があるから王位を彼に譲りたいと姿を消したことは、イザークにとって初めての、純粋に彼のことを考えてくれた行動だっただろうから。

このままずっと二人の関係は上手くいくだろう。

それは私にとっても嬉しいことだった。

「さて、そろそろ終わりにしよう。君達もお腹《なか》がすいてきた頃だろう？　私も昼食を摂《と》りに家に戻るよ」

テオドール様が終わりを宣言すると、イザークはテーブルに広げていた招待状を集めて鞄《かばん》にしまった。

それを見て、テオドール様も立ち上がる。

「エマさんのお身体《からだ》は如何《いかが》ですか？」

「まああだな。食欲があって恥ずかしいと言ってるよ」

「お子様と二人分ですもの、当然ですわ。何か足りないものがあったら、言ってくださいね。お持ちいたしますわ」

「ありがとう。先日のショールもとても喜んでいたよ。君が会いたいと言っていると伝えたら恐縮していたがね」

「まあ。恐縮だなんて。テオドール様はイザークの兄君。その奥方でしたら、私のお義姉《ねえ》様《さま》ですもの。力になれることがあれば何でもしたいわ」

「エマを義姉と呼んでくれるのか、ありがとう」

テオドール様は私の額に軽くキスした。

「兄上」

途端にイザークがジロリとテオドール様を睨《にら》む。

「クリスティナは私の妻です。軽々な行動は慎んでください」

視線を受けて、テオドール様は笑った。

「クリスティナは私にとって妹のような存在だ。親愛のキスくらいいいだろう」

「クリスティナはそういうことに慣れていないんです。彼女だって困っている」

別に困ってはいなかった。

テオドール様のキスは家族のキスだと思うし、私はテオドール様のことを男性としてどうこう思っているわけではないから。

けれど、イザークが私に嫌がって欲しいと思っているのはわかった。相手の望む返事ばかりをするのはよくないことだと学習したけれど、ここは彼の気持ちを汲《く》み取《と》るべきね。

「そうですわね。今度キスする時は手にお願いいたしますわ」

もしかしたら、イザークは、まだ私がテオドール様に恋していると疑っているのかもしれない。

「わかったよ。今度から気を付けよう。……だが、イザークは本当にダンスを習うべきだな」

「関係ないでしょう」

「これは兄としての忠告だ。後悔しないように言っておく」

「後悔などしませんよ。今度来る時には、あなたの新しい身分について話し合いましょう。名前もテオドールのままでは問題があるでしょうから」

「はい、はい。全《すべ》てはお前に任せるよ」

イザークも立ち上がり、さりげなく私の腰を抱いた。

「ではまた」

そしてテオドール様よりも先に部屋を出た。

怒っているのかしら？

「もうテオドール様からキスなどいただきませんわ。私、テオドール様のことを好きでも何でもないですから」

と言ってみると、彼はちらりと私を見て苦笑した。

「まあいいさ。兄上はお前にとっても義兄なのだから。ただ、……兄上の奥方が昔の婚約者にキスしたと知ればいい気持ちはしないだろうと思ったからだ。キスを当たり前にして、奥方の前であれをしたら大変だろう?」

まあ、エマさんへの気遣いだったの。

そうね。彼女はまだ私のことを気にしているようだし、そこは注意しなくてはならないわね。

「お前の気持ちは疑っていないよ」

彼はそう言って、テオドール様と同じ場所にキスした。

まるでテオドール様のキスに上書きするかのように。

青い礼服と黒のズボンに身を包んだイザークは、とても素敵だった。

少し不機嫌そうだったけれど。

彼が何と思っていようと、彼には王者としての風格があると思う。きりりとした眼差《まなざ》しと真っすぐに伸びた背筋で、一度人々の前へ出れば、皆がそれを納得するだろう。

私も、彼に合わせて青いドレスに身を包み、耳にはあのイヤリングを付けた。

結婚式に付けていた、イザークの瞳《ひとみ》と同じ色の青い石を。

イザークの不機嫌の理由はわかっている。

二人して正装して向かうのが、テオドール様が注意しろと言っていた、反イザーク派のオーバル侯爵のパーティだからだ。

オーバル侯爵とは、面識があった。

ローソルト公爵家のパーティで挨拶したことがあるのだ。

その頃は、反イザークとか親イザークとかを考えたことはなかったけれど。

オーバル侯爵には、私と同じ年頃の息子さんと娘さんがいらして、その方達とも挨拶は交わしていた。

誰とも親しくしなくてよい、というお父様の言葉に従って、友人とはならなかったが。

それでよかったのかもしれない。

オーバル侯爵と親しくして、結婚前にイザークの悪い噂《うわさ》など吹き込まれていたら、彼を見る目は今と違っていただろう。

誰からもイザークのことを教えられずに彼と出会ったから、彼の本当の姿を自分の目で確かめることができたのだもの。

「不機嫌ですわね」

馬車の中で声をかけると、彼は素直にそれを認めた。

「パーティは苦手だ」

「ダンスも、でしょう?」

テオドール様にあれだけ言われたのに、彼はダンスのレッスンを受けなかった。

色々と忙しいというのもあったけれど、本当に貴族的なことが嫌いなのだから。

礼服も、無駄だと言って新しいものを作ろうとはせず、王妃様から『一国の王子がみっともないことを言わないように』と怒られていたくらいだ。

王妃様とイザークの関係は、一足飛びに『実の親子のように』とまでは行かなかったけれど、まあまあだと思う。

私から見ると、親子というより教師と生徒のようだ。

王妃様は次期王として真摯《しんし》にイザークを一人前にしようと考えているようだし、イザークはその言葉を真摯に受け止めている。

なので、今日の礼服も新しく作ったものだ。

「御召し物《おめしもの》、お似合いですわ」

と言うと、彼は肩を竦《すく》めた。

まんざらではないようだ。

だが到着したオーバル侯爵邸を見ると、彼はまた毒づいた。

「派手《はで》だな」

言外に、こんな金があるなら民に回せばいいのに、と言っている言葉が聞こえる。

「王子夫妻を迎えるのですもの、侯爵も張り切ったのでしょう」

確かに、門をくぐったところから玄関までの道に凝った形のガラスのランタンを並べたり、玄関先に巨大な花のオブジェを飾ったりしてあるのは、派手な演出とは思うけれど。

「パーティを開く意味もわからん」

「それならわかりますわ」

「ほう、理由は？」

「邪推されずに言葉を交わすためです。若い男女でも、二人きりで会ったり、わざわざ席を設けては、既成事実として婚約につながってしまいますでしょう？　でもパーティで言葉を交わしたりダンスをしたりする程度でしたら、変に思われませんもの。殿方達も同じ。意見の違う方達も、個別にお会いになれば密談と言われますが、パーティならご挨拶と言えますもの。意見の違う方達も、偶然会って話をすることもあるでしょう」

「……なるほど」

「父が申しておりました。情報を集めるためにも、結婚したら多くのパーティに出席するように、と。女性達の噂話は、時に男性の知らないことまで流れてくることがあるから。反対に、だからこそ結婚するまでは要らぬ噂を耳に入れぬよう、出席しなくていいと言われていたのですけれど」

馬車が停《と》まり、扉が開かれ、先にイザークが降りる。

彼の手を取って私も降りると、オーバル侯爵が迎えに現れた。

「これは、これは、ようこそイザーク様、クリスティナ様。いらしていただけないかと不安に思っておりましたよ」

にこやかに近づいてくる侯爵に、イザークは自ら手を差し出した。

「お招きいただき、ありがとうございます」

そして固く握手を交わす。

ここはテオドール様の、敵対する者にこそ愛想よく、という教えを守っているようだ。

確かにテオドール様の言うように、オーバル侯爵が戸惑っている。

「ご無沙汰《ぶさた》しております、侯爵夫人」

私は私で、侯爵夫人と挨拶を交わす。

オーバル侯爵は王都に近いところに領地を持っている有力貴族。王家としては親しくしておくべき家だ。

オーバル侯爵としては、親テオドール派の自分が、イザークが王になることになってどんな扱いになるか気になっているだろう。

むしろ、イザークに取り入ろうと考えているかも。

上手くすれば、侯爵はイザークの強い味方になるかもしれない。

パーティが始まると、その必要性はひしひしと感じた。

初めてイザークを招くから、自分の隆盛を誇りたいという気持ちの表れではあるだろうが、とても豪華なものだった。

入り口の花のオブジェもそうだが、会場のそこここに大きな盛り花が置かれている。

さしずめ、今日は花の宴《うたげ》ということだろう。

壁際に置かれた休憩用の椅子も、一つ一つ花とリボンで飾られているし、何ヵ所かに設けられているサロンスペースには、それぞれ違う花のアーチが設置されている。

お陰で、会場には花の香りが漂っていた。

「素敵ですわ。とてもセンスがよろしくて」

「ありがとうございます。王子妃のクリスティナ様に褒めていただけるなんて。イザーク様はあまりお金をかけることがお好きではないと伺っておりましたので、我が家の花で飾りましたの」

侯爵夫人の言葉から、既にオーバル侯爵がイザークについて調べてあるということが知れた。

「素敵な考えですわ。イザーク様は、民のためにお金を使うことを望んでらっしゃる立派な王子様ですの」

「ええ。それも存じています。ですから、ここに飾られた花は、明日には街で配ってあげるつもりですのよ」

言葉の最後に、侯爵夫人はイザークへ視線を向けた。

「……よい考えだ」

これにはイザークも同意を示した。

その言葉を受けて、夫人はさらに続けた。

「今度、慈善パーティも考えておりますの。集めたお金で、下町での炊き出しを計画しておりますのよ」

「……素晴らしい」

不承不承な感じはするけれど、認めざるを得ない、というのがありありと見て取れる。

彼は、こういうところが素直ね。

貴族達のような腹芸が得意ではない。

そこが彼らしくて好きなのだけれど。

「さあ、それでは一曲踊ってらしてはいかがです?」

招待されたからには、一曲は踊らなくてはならない。

踊ることで、このパーティに呼ばれたことを楽しんでいる、という意思表示になるのだから。

ここはイザークも覚悟を決め、「では一曲」と私の手を取ってフロアに出た。

皆が、私達のために場所を空ける。

踊り始めると、イザークがボソリと呟《つぶや》いた。

「やられたな」

「何がです?」

「握手で気勢をそいだつもりだったが、あちらはもっと上手だった。私が喜ぶことを調査済み、ということだ」

「あら、いいことじゃありませんか。オーバル侯爵は、あなたに敵対する意思はないと示していることになりますもの」

「上辺だけかもしれないがな」

「それでも、ケンカするよりずっといいですわ」

「ケンカか」

イザークは笑った。

「そうだな。上が争っていては下が困る。見せかけだけでも仲良くした方がいいだろう」

「ですわね」

「だが、ダンスはもういいだろう。侯爵と話をする方が建設的だ」

「はい。それでは私がこのパーティに呼ばれて喜んでいる、と皆に知らせる役目を担いますわ」


　曲が終わると、イザークはそそくさと私を連れて侯爵のもとへ向かった。

「華やかな席は得手ではないが、妻は楽しんでいるようだ」

「それはようございました」

「我々は少し酒など楽しみながら、話でもしないか?」

「それは、こちらからお願いしたいくらいです。ではよい酒がございますのであちらへ。フランシス、ミランダ、お前達はクリスティナ様のお相手を」

　呼ばれて、近くに控えていた侯爵のご子息達が前へ出た。

「御機嫌好う、クリスティナ様」

「久しぶりですね、クリスティナ様」

「御機嫌好う、ミランダさん、フランシスさん」

「あちらにうちのパティシエの作ったお菓子がありますのよ。参りません?」

「まあ素敵。是非」

「ではその後で、私と一曲踊ってください」

だった。


「是非喜んで」

　イザークとそこで別れ、私はミランダと共に女性達のサロンへ向かった。

　皆の興味は、私がどうしてテオドール様ではなくイザークと結婚したのか、ということだった。

　もしこれが結婚直後だったら、私は戸惑い、うろたえていただろう。

　でも今は違う。

　イザークと結婚してよかったと、心から思っているので、答えることは容易だった。

　それに、このことに関しての打ち合わせは入念に行われていたし。

「テオドール様がご病気だとわかってから、王家の皆様と話し合いをいたしましたの。婚約を解消するかどうか、と。はしたない話ですけれど、私その時初めてお会いしたイザーク様と恋に落ちてしまって。テオドール様ご自身から、自分が結婚できない身体になってしまったので、是非イザーク様と結婚して欲しいと進言くださったのですわ」

「でも、それならもっと前に発表なさった方がよろしかったのでは？」

「ええ。それは私も思いましたわ。けれど、結婚式に向けて外国の皆様をお呼びしてましたでしょう？　混乱を避けるために結婚式までは予定どおりに、ということに決まったそうですわ」

「テオドール様のご容体はいかがですの？」

「今は離宮で休養なさってますわ。でも私とイザーク様は王位継承者として病人との接触を禁じられてますの。私達に病気が移らないようにと」

「まあ、それはそうですわね」

陛下のご病気に対する質問はなかった。

そのことはまだ外に流れていないらしい。

「やはり、王位はイザーク様が……？」

遠慮がちではあるが、一人が核心をついた質問をした。

それにも、私は微笑《ほほえ》んで答えた。

「だと思いますわ。陛下はすっかり肩の荷が下りたというふうで、早々に引退してしまおうか、なんておっしゃってますのよ。王妃様とのんびり過ごすのもよろしいだろうと」

「王妃様とイザーク様はなさぬ仲ですけれど、上手くやってらっしゃるのかしら？」

「ええ。私も驚きましたけれど、王妃様はイザーク様をお嫌いではないみたいですわ。むしろ、幼くしてお母様を亡くされたイザーク様を気遣っていらしたようです。テオドール様とイザーク様は、私から見ても、とても仲のよい兄弟で、テオドール様はイザーク様のよい導き手となってらっしゃいますの」

「まあ、そうなんですか」

彼女達に私が喋《しゃべ》ったことは、今夜のうちに夫や父親、男性達に伝わるだろう。

これでもやもやとした疑問の大部分は解消させられるはずだ。

イザークが、何の問題もなく次代の王となる。

それが伝われば、親イザークか、反イザークか、態度を決めかねていた人々もイザークに付いてくれるだろう。

会話が一段落すると、フランシスがダンスを誘いにきた。

ここからは、私が今とても幸せで、未来の王妃に相応《ふさわ》しい貴族の娘であるということをアピールする場だ。

イザークが貴族的なことに対して消極的である分、私が貴族達を満足させなければならない。

フランシスだけでなく、何人かの方々と踊り、惜しみ無く注目を集めた。

貴族達が思い描く優雅な王族のイメージは、私が引き継ごう。イザークが政務に集中できるように。

これからは、私一人でも宴席へ出ていこう。

王妃様が、今までそうしてきたように。

華やかに踊り、女性達と会話を交わし、時を過ごす。

パーティは賑々《にぎにぎ》しく、華やかに続けられ、私はずっと皆の注目の中にいた。

けれど寂しいとも心細いとも思わなかった。

心の中で、イザークが私を支えてくれているとわかっていたから。私が彼のためにできることをしているという自負があったから……。


パーティを終えて城へ戻ると、待っていた侍女達が湯浴《ゆあ》みと着替えを手伝ってくれた。

結局、実家からの侍女ではなく、城で用意された侍女達が引き続き私の世話を焼くことになっていたが、不満はなかった。

むしろ、仕事がテキパキとしている彼女達は頼もしくもあった。

実家からの侍女、という響きの中に、彼女達が城でのことをお父様に報告するかもしれないという不安が含まれるようになったので、自分から望むこともしなかった。

新しい白い夜着は、裾《すそ》の部分がスミレ色に染められていて、少し嬉しかった。

そうだわ。今度テオドール様にお会いする時には、エマさんに新しい夜着をプレゼントしよう。

お腹が大きくなったらベッドに横になることも多くなるでしょうし、その時に素敵な夜着を身につけていればきっと気分も明るくなるもの。

侍女達を下がらせ、踊り疲れた身体を休めようと寝室に入ると、ベッドに入る前にイザークが現れた。

ノックはなかったけれど、それを非礼とは思わない。

「今日は疲れたな」

彼も湯浴みをしてきたのだろう。簡単な白いシャツに黒のズボンだけの姿だ。

彼は、長椅子に座ると、私に隣に来るように手で招いた。

「オーバル侯爵との話し合いはいかがでした？」

「頭のいい人物だった。それだけに疲れた」

「味方になってくれそうでした？」

「仕方がない、という感じだがな。テオドールに会いたがっていた」

彼の腕が私の腰に回り、軽く引き寄せられる。

彼からは湯浴みの時の香油の香りがした。

私も、よい香りがしているかしら？

「今日は……、楽しかったか？」

「ええ。私はまだ華やかなパーティに慣れていませんから、楽しかったですわ。それに、侯爵夫人はとてもセンスがよくて」

「息子達と知り合いだったのか」

「はい。侯爵と父が親しくしておりましたから。我が家のパーティにいらしたことがありますの。ミランダさんは私の二つ上で、お姉さんのようによくしてくれましたわ」

「フランシスは？」

「あまり話したことはありませんから、どんな人物かは……。父は私が若い男性と口をきくことを禁じてましたし」

「そう言っていたな。別宅で育ったとか」

「はい。使用人もほとんどは女性でした。厩舎《きゅうしゃ》に若い男性はいましたが、立場上もあまり話したことはありませんでしたわ」

「ふむ……。そのことはローソルト公爵に感謝だな」

「まあ、どうして？」

彼は答えず、代わりに口づけた。

「疲れているか？」

その言葉の意味がわかって、私は首を振った。

「いいえ」

彼は答えに満足したように頷き、もう一度キスしてくれた。

髪に差し込まれる指が、ゆっくりと動いて耳に触れる。

「今日はあのイヤリングをしていたな。お気に入りか？」

「元々お気に入りでしたけれど、あなたの瞳と同じ色だと思うと余計お気に入りになりました」

答えると、キスが耳に贈られる。

くすぐったくて肩を竦める。

もう一度キスした唇が、ゆっくりと首筋を下りてゆく。

「あ……」

手が、薄い夜着の上から胸に触れる。

もうベッドへ入るだけだったので、夜着の下には何も身につけていなかった。薄い布は手の感触をそのまま伝えてくる。

前を開くことなく、布の上から胸に触れている彼の手にも、私の身体の形がそのまま伝わっているだろう。

胸の膨らみの真ん中、小さな突起を探し当て、上からそこを弄《いじ》る。

「ん……」

突起が膨らみ、硬さを増してゆくのが自分でもわかった。

身体も熱く反応を始める。

首筋を下りてきた唇が器用に夜着のボタンを外し、指が硬くした乳首の先を直《じか》に口に含んだ。

「……あ!」

熱い舌の感触に声を上げる。

そこを弄っていた手は既に下に向かい、裾を割って私の秘部を探っていた。

閉じた脚の間に指が滑り込み、やわやわと動く。

「ん……っ」

埋《うず》み火《び》のようにひっそりと秘めていた『彼が好き』という気持ちが、『彼が欲しい』に変わってゆく。

彼がくれるものがわかっているから。

それが悦《よろこ》びであることも。

「イザーク……」

「今夜はここに泊まっていいな？」

「もちろんですわ……」

「ではベッドへ行こう。ここは狭すぎる」

彼が離れると、彼の熱を感じていた部分が急に寒くなる。

長椅子は確かに狭かったけれど、途中で止まってしまった行為を寂しいと思うのは、はしたないかしら？

「あ」

でもきっと彼も同じ気持ちね。

乱れた夜着を直す間もなく、私を抱き上げてベッドへ運んでくれるのだから。

「テオドールの言うことはいつも正しいな」

「……え？」

「明日から、ダンスを習うことにする」

私をベッドに下ろし、上から覆いかぶさるように深いキスをし、そのまま甘えるように私の上に倒れ臥《ふ》す。

「お前が他《ほか》の男と美しく踊っているのを見て嫉妬《しっと》した」

「まあ……」

「お前は私のものなのに」

子供の駄々のような言葉に、思わず笑みが零《こぼ》れる。

「ええ。私はあなたのものですわ。二度と他の者と踊るなと言うなら踊りません」

「……そこまで子供ではない」

拗ねた口調に、益々《ますます》愛《いと》しいと思ってしまう。

彼が私を必要とし、他人に渡したくないと思ってくれることが嬉しい。

愛情の対象の少ない彼が、私を独占したいと思うほど愛してくれているのかと思うと。

「ベッドの中で踊る相手が私だけであれば……」

「あなた以外の方など、考えられません」

優しいキスと激しい抱擁。
相応しい場所に移って、大胆に動き始める手が、私を蕩《とろ》けさせる。
肌の上を身体の中を、彼が満たしてゆく。
「あ……」
彼と結婚したことが私の喜びだと、これからずっと伝え続けよう。
ベッドの中で、よきパートナーとなりながら……。

あとがき

皆様、初めまして。もしくはお久しぶりでございます。火崎勇《ひざきゆう》です。

この度は『突然の花婿』をお手にとっていただき、ありがとうございました。

そしてイラストの池上紗京《いけがみさきょう》様、素敵なイラストありがとうございました。担当のS様、色々ありがとうございました。

さて、今回のお話、いかがでしたでしょうか?

結婚式で花婿が入れ替わっていた。

しかも本当の結婚相手は駆け落ちし、自分がいままでしてきたことを全て否定され、知らない世界を見せつけられる……。

それはもう、クリスティナは大変だったと思います。

でも、王妃になりたかったわけでも、テオドールを愛していたわけでもなかったクリスティナは淡々と与えられた『役割』を果たしていた。

彼女には情熱や目標がなかったんですね。

でもその中で、やり甲斐と真実の愛を見つけることができたので、今は幸せです。

これから二人はどうなるのでしょう?

まずは現王が引退してイザークが王になる。でもまだ病気のことは内緒なので、王城で暮らし、イザークの支えとなります。二人はわだかまりが消えたので、久しぶりに愛し合う夫婦としての時間を過ごせるでしょう。

テオドールは病院ができたら病院の主事となり、王妃様は慰問として病院に行き、孫の顔を見ることもできます。

で、イザーク達。もちろん幸せなのですが、お忍びに味をしめて視察の他に時々二人で抜け出して街へ出るでしょう。

その時にイザークが女性にせまられたり、クリスティナがナンパされたりしてトラブルが発生するかも。独占欲の強いイザークがヤキモチを焼くのは当然ですが、クリスティナは生まれて初めて嫉妬を覚えて、そのことにビックリするでしょう。

誰にも渡したくない、と思う気持ちで何をするかは謎です。案外大胆なことをするかもしれません。人前でイザークにキスして『彼は私のものです』と宣言するとか。(笑)

実はこれからはクリスティナが台風の目かもしれませんね。

それでは時間となりました。またの会う日を楽しみに、皆様御機嫌《ごきげん》好《よ》う。

＊本作品はフィクションであり、実在の個人・団体・事件などとは一切関係がありません。

『突然の花婿』、いかがでしたか？
火崎《ひざき》 勇《ゆう》先生、イラストの池上紗京《いけがみさきょう》先生への、みなさまのお便りをお待ちしております。

火崎 勇先生のファンレターのあて先
〒112-8001 東京都文京区音羽２－12－21 講談社 文芸第三出版部「火崎 勇先生」係
池上紗京先生のファンレターのあて先
〒112-8001 東京都文京区音羽２－12－21 講談社 文芸第三出版部「池上紗京先生」係

N.D.C.913　270p　15cm

火崎 勇（ひざき・ゆう）
1月5日生　やぎ座　B型
愛煙家
BL・TL著作多数

講談社X文庫

white heart

突然《とつぜん》の花婿《はなむこ》

火崎《ひざき》 勇《ゆう》

●

2018年11月1日　第1刷発行

定価はカバーに表示してあります。

発行者——渡瀬昌彦
発行所——株式会社 講談社
東京都文京区音羽2-12-21 〒112-8001
電話 編集 03-5395-3507
販売 03-5395-5817
業務 03-5395-3615
本文印刷—豊国印刷株式会社
製本———株式会社国宝社
カバー印刷—豊国印刷株式会社
本文データ制作—講談社デジタル製作
デザイン—山口　馨

ISBN978-4-06-513508-2